정이현 · 임솔아 · 정지돈

사랑, 이별, 죽음에 관한 짧은 소설

시간의흐름。

정이현

소설집 『낭만적 사랑과 사회』 『오늘의 거짓말』 『상냥한 폭력의 시대』, 장편소설 『달콤한 나의 도시』 『너는 모른다』 『사랑의 기초-연인들』 『안녕, 내 모든 것』, 중편소설 『알지 못하는 모든 신들에게』, 짧은소설 『말하자면 좋은 사람』 등을 출간했다. 이효석문학상, 현대문학상, 오늘의 젊은 예술가상 등을 수상했다.

임솔아

장편소설 『최선의 삶』, 시집 『괴괴한 날씨와 착한 사람들』 『겟패킹』, 소설집 『눈과 사람과 눈사람』 『아무것도 아니라고 잘라 말하기』를 썼다.

정지돈

소설 및 에세이, 비평 등을 쓴다. 여러 권의 책을 냈다.

차례

Part 1 : 사랑에 관한 짧은 소설 / 정이현

우리가 떠난 해변에 —— 6

Part 2 : 이별에 관한 짧은 소설 / 임솔아

쉴 곳 —— 40

Part 3 : 죽음에 관한 짧은 소설 / 정지돈

내 여자친구의 남자친구 —— 72

SHORT STORIES ABOUT LOVE FAREWELL & DEATH

Part 1
사랑에 관한 짧은 소설

우리가 떠난 해변에*

정이현

---

* 제목은 오션 브엉의 시집 『총상 입은 밤하늘』(안톤 허 옮김, 문학과지성사, 2022)에 수록된 시 「텔레마코스」의 일부분에서 가져왔다.

Y시로 출장을 떠나기 전날 밤 설은 뜻밖의 소식을 들었다. 10월 중순이었고 갑자기 기온이 떨어졌다는 느낌이 드는 저녁녘이었다. 문자메시지를 받았을 때 설은 소형 캐리어에 필요한 물건을 집어넣고 있었다. 발신인은 자신이 주영의 간병인이라고 밝혔다.

한주영씨가 한번 보고십다고 합니다.

병원 이름과 병실 호수, 면회가 가능한 시간이 적혀 있었다. '오기전 연락바랍니다'라는 문장을 설은 마치 한국어를 모르는 사람처럼 골똘히 들여다보았다. 그 문장이 내포하는 정보는 주영이 많이, 아주 많이, 그러니까 누군가 대신 입력한 문자의 띄어쓰기와 오타, 맞춤법 오류를 수정하지 못할 만큼 아프다는 것이었다. 그렇지 않다면 그런 상태의 문자메시지가 타인에게 전송되도록 방치할 리 없었다. 그 타인이 오래전 연락이 끊긴 애인이 아니더라도.

예전에 주영이 직장 상사에게서 온 메일의 일부를 설에게 보여주었던 적이 있었다. '몇일 내 해결 요망'이라는 문구였다. 여기는 다 이래. 주영은 우울한 목소리로 중얼거렸다. 주영은 당시 다니던 회사와 회사 사람들을 '여기'라고 뭉뚱그려 부르곤 했다. 다들 머리가 88올림픽에서 멈춰버린 거지. 표준맞춤법 개정안에 의해 몇일이 며칠로 바뀐 해가 1988년이었다. 몇일과 며칠을 혼동하는 정도는 흔한 일이 아닌가 하고 설은 생각했지만 내색하지 않았다. 그들이 같이 보낸 마지막 몇 해 동안 설은 주영이 무슨 말을 해도 토를 달지 않았다. 고개를 끄덕이면서 내게는 너와 반목할 의지가 없음을, 우리는 같은 편임을 피력하려고만 했다. 긴 시간의 힘을 믿던, 거기에 매달리고만 싶던 날들이 있었다.

설은 휴대폰을 뒤집어 바닥에 내려놓았다. 다시 캐리어 옆에 다가앉았다. 꼭 가지고 가야 하는 물건을 판별하는 데에만 신경을 집중하려 애썼다. 가방 안은 이미 짐으로 꽉 찬 상태였다. 1박, 길어야 2박일 일정이었다. 가지고 갈 물건을 결정하는 건 무엇을 두고 가야 할지 결정하는 일이었다. 부피가 큰 후드티를 도로 뺐냈다. 언젠가 기온이 떨어진 촬영 현장에서 요긴하게 입었던 것이지만 일시적인 일이었다. 혹시나 하는 불안감 때문에 불필요한 짐을 짊어지고 움직이는 것은 어리석었다. 그것을 뺐내자 가방 내부가 한결 넓어진 것 같았다. 다음 날 아침 집을 나설 때까지 설은 주영의 간병인에게 어떤 답장도 하지 않았다.

집에서 Y시에 가기 위해서는 일단 서울고속버스터미널로 가야 했다. 어딘가를 가기 위해 다른 방향의 어딘가로 가는 일이 설은 항상 이상하게 느껴졌다. Y시로 가는 직행버스는 한 시간에 한 대뿐이었다. 그렇지만 Y시에서 20킬로미터 떨어진 S시로 가는 버스는 10분에 한 대 꼴로 비교적 자주 있었다. 그중 절반이 Y시를 경유했다. S시행 버스에 일단 올라 경유지인 Y시에서 내리는 것이 거기 가는 제일 빠르고 쉬운 방법이라고들 했다. 그러나 설은 Y시로 곧장 가는 직행버스를 예매했다. 느리고 어려워도 할 수 없다고 생각했다. 끝까지 가는 사람들 틈에서 혼자만 중간에 허둥지둥 하차하는 것보다는 나았다.

터미널 대기실의 아크릴 의자에 앉아 버스를 기다리는 동안 주영의 간병인과 그 문자메시지에 대해 생각하지 않으려고 노력했다. 영원히 풀리지 않도록 꽁꽁 묶인 운동화 매듭을 내려다보는 아이처럼 가슴이 서서히 조여들었다. 만약 자신이 받은 것이 주영의 부고였다면 달랐을 것이다. 그랬다면 적어도 지금처럼 담담한 얼굴을 가장할 필요는 없을 테니까. 영정 앞에 엎어져 통곡할 수 있고, 화장장까지 따라가 막 빻은 유골의 일부를 집에 가져가겠다고 우겨볼 수도 있을 것이다. 그렇지만 이건 상상해보지 못한 방식이었다. 역시 마지막까지, 마지막의 또 마지막까지 이기적이었다. 나쁜 ㄴ, 이라고 입속으로 중얼거리려다 급히 니은을 삼켰다. 달라지는 건 없었다.

버스가 제시간에서 1분도 어김없이 출발했을 때 선

우에게서 연락이 왔다. 선배님, 언제 도착하세요? 뒤이어 이미지가 전송되었다. 선우는 그저께부터 Y시에 미리 내려가 있었다. Y시에서 이틀을 보내는 동안 선우는 카톡으로 용건을 나눌 때 꼭 현지에서 찍은 사진 한두 장씩을 같이 전송했다. 선우의 오브제는 해변 풍경이었다. 텅 빈 모래사장과 그 옆에 펼쳐진 무심한 바다, 그리고 너무 멀리 있어 빨간 점처럼 보이는 등대 같은 것들을 선우는 찍었다. 선우가 방금 보내온 사진 속에서는 사람 없는 해변에 한 떼의 흰 물새들이 내려앉아 있었다. 선우는 그 새들이 일제히 뒤돌아 앉은 순간을 포착했다. 그 순간을 포착하기 위해 한참 동안 기다렸을 것이다.

그러나 정작 일의 진척 상황에 대해서는 말하지 않고 있었다. 선우가 노정훈 씨 혹은 이혜정 씨 혹은 그 두 사람을 같이 만나 수인사와 계약서 작성 등의 기본 세팅을 해놓으면, 설이 합류해 사전 기초 인터뷰를 진행한다는 것이 그들의 계획이었다. 노정훈 씨와 메일을 주고받으며 다큐멘터리 출연에 대한 구두 승낙은 받아놓은 상태라고 지난 회의 때 선우가 전했다.

그래서 인터뷰 일정은 확실히 정해졌나요?

보내기 버튼을 누르려다 손가락을 멈추었다. 확실히, 라는 말의 무게 탓이었다. 설은 방금 자신이 만든 문장을 천천히 지웠다. 차창 밖으로 이름 모를 산자락들이 훅훅 지나갔다. 어떤 산 중턱에 무덤들 몇 개가 덩그러니 누운 것을 보았다.

*

    설과 선우는 한때의 동료였다. 몇 해 전 설이 종편 방송국 건강정보 프로그램의 작가로 일할 때 선우는 막 경력을 시작한 막내 피디였다. 전임자가 중간에 갑자기 그만두게 되면서 선우를 급히 충원했다고 들었다. 주제가 단순하고 내용은 잡다한 전형적인 정보성 프로그램이었다. 매회 질병 하나를 테마로, 의료진과 연예인 패널이 함께 출연하여 여러 가지 해결책을 알려준다는 것이 기획 의도였다. 암이나 난치병 같은 건 다루지 않았음에도 소재가 부족한 적은 없었다. 인간의 몸과 정신은 다양한 방식으로 끝없이 고장 났고, 인간들은 그 하나하나에 새로운 이름을 지어 붙였다. 그러면 마치 그것을 정복할 수 있기라도 하다는 듯이.

    막내 피디의 일은 어딜 가도 비슷했다. 선우의 전임자는 프로그램의 전체적인 준비와 현장 VCR 영상의 기본 편집을 동시에 맡아 했다. 당일치기 지방 출장도 많았다. 그는 늘 피곤하고 지쳐 보였다. 파견 회사 출신의 그런 비정규직 피디들은 방송국 안팎에 매우 흔했다. 격무와 불안감 속에서 그들의 눈빛이 빠르게 총기를 잃어가는 모습을 설은 수없이 보아왔다. 그런데 선우는 무언가 달랐다. 복도에서 만나면 "식사 아직 안 하셨어요? 구내식당 오늘 콩나물밥 진짜 맛있는데!"라고 명랑하게 말을 걸어오는 막내 피디는 많지 않았다.

    언젠가 이른 아침 시간 방송국 화장실에서 그녀와 마

주쳤다. 선우는 막 양치를 끝냈는지 한 손에 양치컵을 들고 젖은 입가를 손등으로 닦아내는 중이었다. 편집실에서 밤을 새운 것 같았다.

힘들죠?

설은 아무 말도 하지 않기가 어색해서 그저 물었을 뿐이다. 선우가 단번에, 아니요, 라고 대답했다.

저는, 음, 재미있어요!

설은 화장실의 얼룩진 거울 앞에서 '재미'라는 단어를 입안에 굴려보았다. 그러고 보니 선우는 거의 모든 문장의 끝에 느낌표를 붙이듯 말하는 것 같았다. 역시 좀 특이하네, 라고 생각했다. 그게 다였다. 3개월도 채 지나지 않아 개편이 있었다. 그 프로그램은 전격적으로 폐지되었다. 시청률이 낮아도 너무 낮다고 했다. 구성원들은 제각각의 길로 떠났다. 특별할 게 없는 방송국식 시절인연의 흔한 결말이었다.

그리고 몇 해가 지났다. 기획하고 있는 작업이 있는데 한번 만날 수 있느냐는 연락을 받기 전까지 설은 선우가 자신의 전화번호를 가지고 있는 줄도 몰랐다. 실은 선우라는 존재에 대해서도 까맣게 잊고 있었다. 분명히 지나왔는데 통째로 증발한 것처럼 느껴지는, 삶에는 그런 구간이 있었다. 설에게는 선우와 일했던 그 무렵이 그랬다.

그 무렵 주영과 설의 관계는 본격적인 끝을 향해 치닫고 있었다. 자정 너머까지 주영과 연락이 닿지 않던 어느 밤, 설이 사는 빌라의 창밖에서 시끄러운 소리가 들렸다. 무슨 다툼이 일어난 것 같았다. 설은 계단을 두 칸씩 뛰어 내려갔다. 가랑비가 흩뿌리고 있었다. 택시 한 대가 빌라 주차장 입구를 반쯤 막은 채로 서 있었다. 택시 기사는 뒷자리에서 버티는 승객과 실랑이 중이었다. 주영이었다.

아 하지 마시라고요.

만취한 목소리였다.

왜 남의 몸을 잡아요? 기사님 사과하세요. 기사님이 사과 안 하면 나도 안 내릴 거예요. 여기서 꼼짝도 안 할 거라고요.

설은 주영을 차에서 끌어 내렸다. 주영이 화를 냈다.

야, 넌 누구 편이야? 왜 내 편 안 들고 남의 편을 드니?

주영의 팔을 질질 끌다시피 하며 계단을 올랐다. 영원히 끝날 것 같지 않은 층계였다. 다음 날 아침 주영은 숙취로 힘들어했다. 급격히 풀이 죽어 말없이 누워 있기만 했다. 술에 취해 길바닥을 구르는 주영보다, 소파에 모로 누워 뒷모습만을 보이는 주영이 설을 더 두렵게 했다.

요즘 무슨 일 있어?

겨우 물어보았다. 주영은 직장과 직장에 관련된 사람들 탓이라고만 했다. 다른 이유들에 대해서는 말하지 않았다. 그래도 괜찮다고 생각했다. 아직 둘러댈 정도의 성의는 남아 있으니까. 자신도 일상의 모든 이유를 주영과 나누는 건 아니니까. 그때 설에게 중요한 것은 '우리'가 '우리'로 또다시 한 시기를 지나는 것이었다. 열일곱 살 때부터 20여 년이 넘는 동안 언제나 그래왔던 것처

우리가 떠난 해변에 — 정이현

럼. 아무 일 없이, 아무 일 아닌 것처럼.

*

약속 장소에 들어섰을 때, 선우는 해가 지는 창문을 등지고 앉아 있었다. 자신의 뒤쪽에 커피숍의 유리창이 나 있으며 그곳을 통해 보이는 하늘에서 지금 어떤 일이 일어나고 있는지에는 전혀 관심이 없는 것 같았다. 그날 선우는 설에게 어떤 이야기 하나를 들려주었다. 노정훈 씨와 이혜정 씨에 관한 이야기였다.

노정훈 씨는 바닷가 마을에서 5남매 중 막내로 태어 났다. 유도를 시작한 나이는 중학교 1학년이었다. 출발 이 늦은 편이었지만 체력과 끈기가 남다르다는 평가를 받았다. 특기생으로 고등학교에 진학했다. 전국체전 고 등부 단체전에서 동메달을 땄다. 3학년, 도 대회 준결 승전에서 다발성 늑골 골절상을 입었다. 병원에서 여름 을 다 보냈다. 대학에는 가지 않았다. 제대하는 날부터 선배의 식당에서 일했다. 낮에는 스낵, 저녁에는 맥주 를 파는 가게를 연 건 스물다섯이 되던 해였다. 첫 번째 폐업은 스물일곱이었다. 서른셋이 될 때까지 그의 사업 은 두 번 더 주저앉았고 그는 매번 재기했다. 네 번째 가 게의 보증금을 벌기 위해 1년 동안 동해의 해변들을 돌 며 피자 푸드트럭을 운영했다. 피자 트럭은 인근의 명 물로 인기를 끌었다. 창문을 열면 바다가 쏟아져 들어올 것 같은 자리에 작은 화덕피자 가게를 열어 간판을 달던 날, 그는 일생에서 가장 행복했다.

이혜정 씨는 서울에서 무남독녀로 자랐다. 다섯 살에 시작한 첫 악기는 피아노였다. 모계 친척들이 모두 악기를 전공한 환경에서 자연스러운 일이었다. 중간에 플루트로 바꾸었다가 열 살에 오보에로 전향했다. 전공자가 상대적으로 적어 유리한 면이 있으리라고 어머니가 판단했기 때문이다. 예술고등학교와 음악대학을 졸업한 뒤 지방 시립교향악단의 연주자로 합격했지만 부모가 반대했다. 그들은 딸이 결혼과 유학에 동시에 성공하기를 바랐다. 유학지는 미국 동부였다. 그녀가 가고 싶은 학교는 독일에 있었으나 결혼하기로 한 남자가 박사과정을 이수할 학교가 거기 있었다. 출국 사흘 전 고속도로의 10중 추돌 사고에 휘말렸다. 사망자가 세 명이나 나온 큰 사고였다. 그녀는 한동안 차에 갇혀 있다 구조되었다. 병원에서 여름을 다 보냈다. 몸이 조금 나아졌을 때 담당의를 만나고 온 어머니가, 연주는 계속할 수 있을 거래, 라며 기뻐했다. 하고 싶은 걸 다 하며 살겠다고 결심한 건 그때부터였다.

선우가 그 이야기를 하는 동안 하늘은 연극적으로 색깔을 바꾸었다. 흐릿하게 남아 있던 빛의 기운이 사라지고 어둠이 창밖을 덮었을 때 선우는 자신이 노정훈 씨와 이혜정 씨를 오랫동안 종종 생각해왔다고 말했다.

14년째예요.

14년. 14년 전에 무엇을 하고 있었더라, 설은 기억을 더듬을 필요가 없었다. 설의 인생에 아직 주영이 존재하던 시기였다. 주영과 설은 20대를 앞두고 그랬던 것처럼 얼마 뒤 닥칠 30대에 대한 기대와 불안을 공유하고 있었다. 둘이 공유한 많은 것 중에는 서른이 되기 전에 서유럽을 여행하겠다는 꿈도 있었다. 14년 전 여름에 그들은 각자의 바쁜 일상을 잠시 멈추고 19박 20일의 여행을 감행했다. 20일간 둘이서만 내내 붙어 지냈다. 당장 숨이 멈춰도 될 정도로 충만한 순간과 또 그만큼 가혹한 순간이 공존하는 여행이었다. 여행이 끝난 뒤에 설은 충만함을, 주영은 가혹함을 중심으로 그 시간을 반추했다.

아는 분들인데 사실 모르는 사이예요.

선우는 자신이 노정훈 씨와 이혜정 씨를 실제로 만나본 적은 없다고 말했다. 그건 마치 수줍은 고백처럼 들렸다. 낮게 내려앉은 침묵 속에서 설은 차를 한 모금 마셨다. 떫은 뒷맛이 남았다. 마흔을 넘기면서 카페인을 섭취하지 않으려고 노력했다. 불면증에 시달린 지는 오래였지만 그동안은 아무것도 하지 않은 채 지내왔다. 만약 지금 무언가 한 잔을 더 마실 수 있다면 묵직하고 짙은 커피였으면 하고 바랐다. 선우의 말은 거기서 끝이 아니었다. 선우는 그들이 〈러브 애드벌룬〉의 5회 출연자들이라고 말했다.

러브, 애드벌룬?

잘 모르실 거예요.

선우의 목소리에서 미묘한 체념의 기운이 묻어났다.

어, 아니에요. 제목을 들어본 적 있는 것 같아요.

그 말에 선우의 표정이 확 밝아졌다.

정말요? 선배님은 역시.

선우가 오른손 엄지를 치켜세워 보였다. 선우는 170센티미터에 가까운 키에 깡마른 30대 초반의 여성이었다. 무표정할 때는 자칫 날카로워 보일 수도 있는 인상이었다. 예기치 않은 순간에 취하는 귀염성 있는 제스처와 무방비 상태의 파안대소가 그녀를 엉뚱하고 유머러스한 사람으로 보이게 하는 효과가 있었다. 설은 새삼 선우에 대해 아는 게 거의 없다는 생각을 했다.

선우에 의하면 〈러브 애드벌룬〉은 2008년 3월부터 한 케이블 방송 채널을 통해 방영된 리얼리티 예능 프로그램의 이름이었다. 프로그램은 총 10회로 종결되었다. 단명했다고 할 수도 있고, 처음부터 정규 편성이 아니었다고 추측할 수도 있었다. 매회 스스로 출연을 신청한 싱글 남녀가 출연자로 참여했다는 것. 실제로는 어떻든 그렇게 홍보되었다는 것. 회차마다 기본적으로 동일한 구성으로 진행되었다는 것. 처음 만나는 남자 넷과 여자 넷이 2박 3일간 합숙 형식으로 같은 공간에서 지냈다는 것 등을 선우는 차례로 설명했다.

출연자들은 지붕이 둥근 돔 형태의 방갈로 몇 개를 공동 숙소로 사용했다. 제작진은 그곳을 캠프 애드벌룬이라고 칭했다. 사흘 동안 그들은 짝을 바꿔가며 일대일 데이트를 하기도 하고, 둘씩 짝지어 더블 데이트를 하기도 하고, 게임과 요리, 운동경기 등을 함께하기도 하면서 서로를 탐색하는 시간을 가졌다. 그리고 마지막 날, 그중에서 사랑을 시작하고 싶은 사람이 있는지 결정했다. 거기까지는 이른바 '연애 리얼리티 예능'이라고 불리는 여타 프로그램과 비슷했다. 선우가 말했다.

그런데 좀 특별한 부분이 있었어요.

출연자에게는 금지된 것들이 있었다. 음주, 흡연, 그리고 자기소개였다. 나이, 직업, 직장, 학력, 거주지 등을 서로에게 밝힐 수 없었다. 종교, 경제적 상황, 정치적 견해 또한 마찬가지였다. 그러니까 그들은 좋아하는 음악가와 즐겨 읽는 소설, 소울푸드, 가장 행복했던 기억, 가장 슬펐던 기억을 주제로는 대화할 수 있어도 보유한 자동차 기종, 지지하는 정당, 대학 때 가입했던 동아리의 이름, 분양받은 아파트의 위치 같은 것에 대해서는 말할 수 없었다.

출연자들이 사흘 동안 서로의 신상에 대해 알게 되는 거라곤 이름이 전부였다. 노정훈 씨, 이혜정 씨 그리고 다른 모든 출연자들도 캠프 애드벌룬 안에서 오직 한 명의 개인으로만 존재했다. '사회적 조건에 종속된 사랑이 진짜 사랑일까.' 선우는 공식 홈페이지의 기획 의도에 그런 말이 적혀 있었다고 기억했다. '조건에 얽매인 결혼 상대자로서가 아니라 자유로운 인간 대 인간의 만남. 네이키드 상태에서 피어나는 진실한 사랑을 찾기 위해 기획되었다.' 유치하고 조악한 문장이었다. 주영이라면 이럴 때, 토할 것 같아, 라고 했을 텐데. 설은 불현듯 그런 생각이 들었다. 이내 논리적 인과관계도 없고 맥락도 이어지지 않는 순간에 아직도 불쑥 그 이름을 떠올린다는 사실에 침울해졌다. 혹시 캡처본이라도 남아 있느냐고 묻자 선우는 안타깝지만 그런 건 없다고 대답했다.

그 방송국 자체가 통폐합되었는걸요.

많은 것들이 완강하게 버티고 있어도 또 어떤 것들은 소리 없이 사라졌다.

그런데요, 제가 보기에는.

선우가 다시 말했다.

그 프로그램은 사실 일종의 사회 실험이었던 것 같아요.

선우의 얼굴에 잠시 웃음기가 사라졌다.

모든 게임에는 규칙이 있다. 러브 애드벌룬의 세계도 그랬다. 첫 번째 선택은 예선에 불과했을 뿐이고 결선은 그다음이었다. 예선전을 통과한 남녀는—미래의 연인 후보를 향해—미리 적어낸 편지 형태의 자기소개서를 묵독으로 읽어야 했다. 그러면서 그/그녀를 둘러싼 외적인 환경을 그녀/그는 비로소 알게 된다. 이제 그들은 정말로 마지막 결정을 내려야 한다. 제각각의 결정이었다. 이 사람이 나와 어울리는지, 어울리지 않는지, 그럼에도 불구하고 사랑의 방향으로 계속 걸어갈 것인지 아니면 그냥 여기서 걸음을 멈출 것인지.

그건 좀 그러네요.

설이 중얼거리자, 잔인하죠, 라고 선우가 대답했다.

21

약속 장소에 동시에 도착하면 성공, 그러나 한 명이라도 나오지 않으면 실패였다. 세간에서 이른바 사회적 조건이라고 부르는 환경이 크게 다르지 않으면 대개 어려움 없이 2차 선택에 이르렀다. 그런데 그게 쉽지 않은 경우들이 있었다.

그럴 땐 한쪽은 선택하지만 다른 한쪽은 포기하곤 했어요. 포기하는 쪽이 누구냐 하면.

듣지 않아도 짐작할 수 있었다. 선우도 더 이상 말하지 않고 고개를 짧게 끄덕였다.

저는 한 회도 빼놓지 않고 꼭 봤거든요. 이상하지만 그런 순간이면 심장이 터질 것 같았어요.

너무 떨려서일 수도 있고 너무 속상해서일 수도 있었다. 10회까지의 출연자들 가운데 선우의 심장 건강에 가장 심각한 영향을 미친 두 사람이 바로 노정훈 씨와 이혜정 씨였다.

그 사람들도 포기했나요?

아니요. 그분들은 포기하지 않았어요.

노정훈 씨와 이혜정 씨의 2차 선택은 캠프가 아니라 방송국 스튜디오에서 진행되었다. 먼저 이혜정 씨가 나왔다. 그녀는 사회자에게 노정훈 씨를 선택하겠다고 말했다. 혹시 선택 전에 주저하지는 않았느냐는 질문에 그녀는 단정하지만 단호하게 그렇지 않았다고 대답했다. 이혜정 씨는 스튜디오 한편에 마련된 의자에 앉아 노정훈 씨를 기다렸다. 한참을 기다려도 그는 나오지 않았다. 지켜보던 이들이 포기하려 할 때쯤 사회자가 다시 이혜정 씨의 심경을 물었다. 그녀는 다만 믿고 있다고 말했다. 무엇을 믿는지에 대해서는 말하지 않았다. 사회자가 나직한 음성으로 카운트다운을 시작했다. 카운트다운이 끝나고 0.5초의 정적 후에 노정훈 씨가 무대 앞으로 천천히 걸어 나왔다.

두 분이 카메라 앞에서 부둥켜안거나 눈물을 흘렸던 건 아니에요.

그 말을 설에게 전하는 선우의 눈동자가 촉촉했다. 노정훈 씨와 이혜정 씨는 얼마간의 거리를 두고 서로를 묵묵히 바라보기만 했다. 이듬해 두 사람이 결혼했다는 소식이 조그맣게 전해졌다. 선우 친구의 이모가 미장원에서 넘겨보던 여성지에 커플 매칭 프로그램에 대한 기사가 실렸는데, 기사의 말미에 '화제를 모았던 전 유도 선수-음악가 커플은 지난달 결혼식을 올렸다'라고 지나가듯 한 줄 적혀 있었다.

그리고 14년이 지났다. 이제 선우는 그 두 사람이 등장하는 60분짜리 휴먼 다큐멘터리를 준비하고 있었다. 선우는 설에게 작가가 되어달라고 부탁했다. 그것이 설을 찾아온 용건이었다.

설은 선우가 건넨 명함을 가만히 내려다보았다. 기획 프로듀서 최선우. 콘텐츠 제작업계의 신흥 공룡이라는 별칭으로 불리는, 드라마와 비드라마 콘텐츠를 지상파와 종편, OTT에 납품하는 대형 프로덕션이었다. 그동안 방송작가로 설이 쌓아온 경력은 다큐멘터리라는 장르와는 큰 접점이 없었다.

우리가 떠난 해변에 — 정이현

그런데 왜 하필 나를.

선우는 우물쭈물하지 않고 대답했다.

계속 생각했어요. 제가 만약 이 기획을 현실화할 순간이 온다면 꼭 선배님과 같이 하고 싶다고요.

그날 집에 돌아오는 길에 선우가 휴대폰으로 보내준 유튜브 링크를 열어보았다. 어떤 경로에선지 유튜브에 당시 방송분의 일부 영상이 남아 있었다. 조회수가 2천 정도 되었다. 영상은 1분이 좀 넘는 짧은 분량이었다.

TV로 송출되는 화면을 그대로 녹화했는지 화질이 좋지 않다. 야외, 낮, 푸른색 스웨터를 입은 한 남자가 서 있다. 눈썹이 짙고 이마가 정갈하다는 인상을 주는 사람이다. 남자는 무언가를 읽는 중이다. 그의 얼굴 위로 BGM이 깔린다. 쇼팽의 〈피아노 발라드 1번〉. 카메라 줌 인. 남자의 미간이, 눈썹 산과, 입꼬리의 근육이 미세하게 흔들리는 것 같다. 음악 볼륨 다운. 여자 음성의 내레이션이 나온다.

안녕하세요. 이 편지를 받으실 분이 누구인지 저는 아직 알지 못합니다. 제가 어떤 사람인지 말씀드리고 싶어요.

영상은 거기까지다. 한 음절의 발음도 뭉개지 않고 차분하게 꼭꼭 눌러 말하는 저 여자가 이혜정 씨구나, 라고 생각했다.

두 사람은 모든 게 달랐어요. 그냥 다른 세계의 사람들처럼 보였어요.

태어날 때도 자라는 동안에도 어른이 되어서 경험한

삶에도 접점과 교차점이 없는 사람들.

이런 두 사람이 사흘 만에 어떻게 사랑에 빠지게 되었을까요. 그게 경이롭고 끔찍하게 불가사의했어요!

선우의 느낌표가 환청처럼 귓가에 부서졌다. 두 사람의 유튜브 영상에서 추천 수가 가장 많은 댓글은 다음과 같았다.

보고 또 봅니다. 사랑의 첫 순간에 대해 생각하면 저는 항상 이 장면이 떠오릅니다.

그 여름, 열일곱 살의 설이 문예 캠프에 참석하게 된 데에 자의는 거의 섞여 있지 않았다. 모교에서는 전교생이 의무적으로 하나씩의 특별활동을 해야 했다. 처음에 지망한 것은 독서부였다. 학교 도서관에서 책을 정리하며 시간을 흘려보내다 올 수 있어서 인기가 높은 부서였다. 제비뽑기에서 탈락해 문예부로 갔다. 문예부의 담당 교사는 유명하지 않은 시인이었는데 매사에 놀라울만큼 무관심했다. 칠판에 잔뜩 흘린 글씨체로 단어 하나를 적어놓는 것이 그가 수업을 위해 하는 유일한 노력이었다. 지우개, 의자, 봄날, 횡단보도, 벽, 사랑. 그런 것들을. 무엇을 쓰라는 말도, 어떻게 쓰라는 말도, 심지어 꼭쓰라는 말도 없었기에 설은 아무것도 쓰지 않았다.

한 학기가 끝날 무렵 선생이 1학년들 몇을 따로 불렀다. 종이 한 장을 나눠주며 부모님 사인을 받아 오라고 했다. 꼭 참가해야 한다고 신신당부하는 모습이 평소와 전혀 달랐다. 전국 고등학생 하계 문예 캠프 참가 신청

서였다. 많다고는 할 수 없어도 가계 사정에 따라 부담스러울 수 있는 액수의 참가비와 입금처가 적혀 있었다. 부모는 학교에서 시킨 일이라면 군말 없이 하는 게 지당하다는 사람들이었다. 내심 우리 애가 뭔가를 잘해서 뽑혔나 보다는 착각을 품었을지도 모른다. 그때 부모가 좀 덜 고지식했더라면, 하고 한참의 시간이 흐른 뒤에 설은 간혹 생각하곤 했다. 그러면 주영을 만나지 않았을 텐데. 그러면 생이 어떻게 달라졌을까 하고.

그해 여름의 문예 캠프에 시 한 줄 써본 적 없는 사람은 설 혼자였다. 캠프 숙소는 시골 분교를 개조하려는 목표로 공사를 시작했으나 예산이 부족해 중간에 멈춘 곳이었다. 빈 교실이 방으로 사용되었다. 어떤 기준인지 모를 분류에 따라 예닐곱 개의 조로 나뉘었다. 한 조는 열 명 남짓. 모두 같은 성별끼리였다. 설이 속하게 된 조에는 전국 각지의 여자고등학교에서 온 1학년과 2학년이 반반씩이었다. 2박 3일의 일정이 끝나고 일상으로 돌아가기 전에 조원들끼리 주소와 전화번호를 교환했다. 익명으로 롤링페이퍼도 썼다.

계속 같이 있고 싶어 영원히

마침표는 없었다. 초록색 하이테크 포인트 펜으로 또박또박 적은 열한 개의 글자가 주영의 것이기를 설이 얼마나 바랐는지. 사랑이라는 감정에 대해 생각할 때마다 반사적으로 떠오르는 첫 순간일 줄을 그땐 알지 못했다.

버스는 정시에 Y시 터미널에 도착했다. 선우가 하차장에서 기다리고 있었다. 운전을 하면서 선우는 쉼 없이 떠들었다.

원래 터미널이 여기가 아니라 시내 한가운데 있었대
요. 이전한 지 얼마 안 되어서 예전 위치로 가는 사람들
이 아직 많다고 해요.

그녀는 계속 엉뚱한 이야기만 했다. 인터뷰를 위한
미팅 시간은 언제로 잡혔는지 같은 말은 하지 않았다.
설은 점점 참을 수 없을 것 같은 기분에 휩싸였다. 어떻
게 됐는지를 묻자 선우가 짧은 한숨을 쉬었다. 지난주
회의에서 선우는 Y행의 첫 번째 목표가 노정훈 씨를 만
나는 것, 두 번째 목표가 이혜정 씨를 만나는 것, 그리고
세 번째 목표가 그들을 함께 만나는 것이라고 했다. 네
번째는 없느냐는 물음에 고개를 휘저으며 웃었다.

선배님, 저 그렇게까지 욕심 많은 애는 아니에요. 음,
그래도 만약 목표를 딱 하나만 더 세워야 한다면!

그렇다면 노정훈 씨와 이혜정 씨의 아이를 만나고 싶
다고 했다. 설은 자신도 모르게 감탄사를 뱉고 말았다.
사실 아이라는 단어를 듣는 순간 머릿속으로 이미 영상
의 구도를 그리고 있었다. 오랫동안 습관이 된 직업병의
흉한 흔적이었다. 그러나 어쩌면 네 개의 목표 중 마지
막이 가장 실현 가능할지도 몰랐다. 평범한 이름을 가진
부모와 달리 그들의 아이는 한번 들으면 잊기 힘든 이름
을 가졌다. 노이룩이라는 유별난 이름은 선우가 오랜 시
간에 걸쳐 노정훈-이혜정 커플의 이력을 추적하는 데
에 중요한 실마리가 되어왔다.

노이룩의 이름은 2010년 봄, Y시 인근에서 유일한

돌사진 전문 스튜디오의 웹 페이지에 처음 노출되었다. 반복 검색하면서 그들이 온라인에 남긴 생활 흔적의 작은 부스러기들을 싹싹 긁어모으는 동안 선우는 성인이 되고, 대학을 졸업하고, 사회인이 되었다. 선우가 모은 정보에 따르면 2013년 여름 이후 노정훈 씨의 피자 가게 이용 후기가 더는 새로 올라오지 않고 있으며, 이혜정 씨가 한때 Y시 시내에 차렸던 음악 학원은 그 이듬해 겨울 이후 전화가 연결되지 않았다.

최신 근황은 2019년 가을 즈음, 노이룩이 당시 재학 중이던 초등학교와 인근 군부대의 자매결연식에 학교 대표 중 하나로 참석해 찍힌 사진이 지역 인터넷 신문에 실린 것이었다. 사진이 온라인에 아직 남아 있어서 설도 볼 수 있었다. 덩치는 큰데 얼굴은 아기 너구리처럼 귀여운 소년이었다. 선우가 이렇게 추정했다.

피지컬은 아빠, 성격이나 성향은 왠지 엄마 쪽일 것 같고요.

선우는 자신이 그렇게 정보를 모으는 과정에 다른 뜻은 개입되어 있지 않았다고 했다. 미래에 유용하게 사용할 가능성이 있는 데이터는 아니었다는 것이다.

길티 플레저 같은 거였어요. 안 유명한 연예인 덕질 같은 거요. 이렇게 될 줄은 진짜 몰랐는데. 이런 게 '덕업일치'인가요.

선우는 자기도 자기 말이 황당한지 푸훗, 하는 싱거운 소리로 웃었다.

회사에서 휴먼 다큐를 강화하겠다면서, 주니어 피디

들한테 감정을 테마로 하는 기획안을 되는대로 다 내라고 했거든요. 별별 게 다 나왔는데 위에서 이걸 딱 골랐어요. 시의성을 넘는 진정성이 있다면서요. 사람들 눈은 다 비슷한가 봐요.

오랜 시간 비닐 랩에 싸인 채 냉동실에서 숨죽이던 반죽 덩어리가 갑자기 셰프의 식재료로 발탁된 셈이었다. 지금은 다만 반죽의 형태로 존재했다. 막 실온에 꺼내진, 스스로도 얼떨떨한 희고 말랑말랑한 한 개의 큰 덩어리. 이제부터 길고 복잡한 과정이 기다리고 있었다.

결국은 사랑이란 무엇일까, 세속과 세월에도 견디는 사랑의 힘은 어떤 모양일까를 들여다보는 작업이지 않을까 한다는 선우의 말을 설은 잊지 않았다. 그런데 정작 선우는 여기까지 와서 바닷새들의 뒷모습만 들여다보고 있었다.

계약서는 보여드렸어요? 사인받고 시작하는 게 안전하지 않을까요?

채근으로 들리리라는 사실을 알면서도 설은 자꾸 물었다. 가슴 한복판에 헤어볼처럼 똘똘 뭉친 것은 어떻게 해도 사라지지 않았다.

선배님, 잠깐만요. 조금만 천천히요.

선우가 느낌표라는 갑옷 없이 말하고 있다는 사실을 설은 눈치채지 못했다. 선우의 차는 양옆에 논과 밭과 비닐하우스들이 펼쳐진 4차선 도로를 달렸다. 아무리 눈을 비벼도 바다는 보이지 않았다.

노정훈 씨하고 어제 통화는 했는데, 그런데…… 이상

해요. 못 만나러 가겠어요.

선우가 말끝을 흐리는 모습은 처음 보았다.

아무래도 혼자서는 자신이 없어요.

선우의 옆얼굴은 단정하고 무구했다. 설은 창밖으로 시선을 돌렸다. 높은 하늘에 평범한 구름 몇 점뿐이었다. 선우가 찍었던 흰 새들은 어디쯤 날아가고 있을까 궁금했다.

*

노정훈 씨의 새 가게는 해변가 안쪽 골목에 있었다. 협소한 점포들 몇 개가 다닥다닥 붙어 있었다. 여름이면 서퍼들로 뒷길까지 가득 찬다고 하는데 지금은 '영업 중' 표식이 어색할 만큼 인적이 없었다. 미닫이문 앞에서 선우가 설의 옷깃을 살짝 잡았다.

잠깐만요. 조금만 천천히요.

선우는 좀 전에 차 안에서 했던 말을 똑같이 반복했다. 어쩔 줄 몰라 하고 있다는 게 느껴졌다. 설은 선우의 등을 가볍게 한번 도닥였다. 선뜻 안으로 들어가지 못하는 그 마음을 이해할 것도 같았다. 환상을 실행에 옮기는 것의 낙차에 대해서도. 설이 문을 열었다. 커피도 팔고 술도 파는, 한쪽 벽에 동글동글한 손글씨로 메뉴를 써 붙여둔, 또 다른 벽에는 드라이플라워 다발을 거꾸로 매달아둔 소박한 공간이었다. 화덕피자는 이제 팔지 않는 것 같았다. 검정색 등산복 상의를 입은 중년 남성이 그들을 맞았다.

노정훈 씨는 체구가 그렇게 큰 사람은 아니었다. 유튜브에서 본 14년 전의 그 청년과는 사뭇 달랐다. 머리숱 때문일 수도 있고 시간의 풍화작용 때문인지도 몰랐다. 앞자리에 마주 앉고서야 설은 비로소 하나의 이유를 짐작했다. 활력 또는 생기라고 부르는 것. 한 사람의 젊음이 사그라든다는 건 그 활력과 생기가 사그라든다는 것과 같은 뜻이었다.

어떻게, 저쪽 바다는 보고 오셨어요?

노정훈 씨는 꽤 붙임성이 좋은 사람이기도 했다.

아니요. 아직 못 봤어요.

아, 보고 오시지. 이맘때 바다가 참 좋아요.

그는 왠지 진심으로 아쉬워하는 듯했다.

저기 뒤로 나가서 길 하나만 건너면 바로 나오는데요.

이따 가는 길에 꼭 보겠습니다.

선우가 대답하지 않아서 설이 대답했다. 선우는 무언가 불편한 사람처럼 계속 꼿꼿하게 허리를 펴고 앉아 정면만을 응시했다.

피디 선생님들 멀리서 오셨는데 식사는 하셨어요?

노정훈 씨가 또 물었다. 그제야 그가 핵심으로부터 빙빙 돌고 싶어 이런다는 사실을 알아차렸다. 설은 조심스럽게 촬영에 관한 실무적인 내용 몇 가지를 전달했다.

저희는 두 분 외에 가족분들도 촬영하고 싶습니다만 자녀분은 아직 미성년자이니까요. 그 부분은 전적으로 부모님 의견을 따르겠습니다. 저희가 계약서를 준비해

봤는데 한번 보시겠어요?

남자가 말없이 일어나 커피머신 앞으로 갔다. 커피 두 잔을 내려 설과 선우 앞에 놓았다. 카페인을 삼가는 중이라는 말을 할 틈은 없었다.

사모님하고는 좀 상의해보셨나요?

아이 엄마요?

네. 이혜정 님에게는 따로 연락을 드리지 않았어요.

노정훈 씨가 양 손바닥을 두어 번 빠른 속도로 비볐다.

제가 깜빡하고 아직 말을 못 한 것 같은데 그 사람 지금 여기 없습니다.

네?

다른 나라에서 지내고 있어요. 집안에 사정이 좀 있고, 일도 있고 해서, 설명하자면 조금 복잡한데요, 어쨌든 당분간 그렇게 지내고 있습니다. 그래서 촬영하신다는 얘기도, 오늘 오신다는 얘기도 못 했어요.

노정훈 씨는 답안지를 외운 아이처럼 기계적으로 읊었다. 유감이라고 해야 할지 안타깝다고 해야 할지 알 수 없었다. 설이 무슨 대꾸를 할지 몰라 입술에 마른침을 묻히는 사이 선우가 나섰다. 여기 들어와 처음 말문을 트는 거였다.

그러면, 실례지만, 두 분이 혹시 그, 헤어지셨다는 말씀일까요?

서류상으로는 뭐 그렇다고 해야지요.

모두가 잠자코 있어야 할 순간이었다. 선우가 침묵을 깼다.

메일에는 그런 말씀이 없으셨잖아요.

평소 그녀답지 않은 건조한 목소리였다.

그래서 저희는 당연히 하시는 줄 알고 이런저런 준비를 해 왔는데요.

죄송하게 되었다고 그가 말했다. 이 시점에 누군가 죄송하다고 해야 한다면 이쪽에서 하는 게 도의상 나을 것이었다. 설이 그만하라는 눈빛을 보냈지만, 선우는 보이지 않는 것처럼 굴었다.

그렇게 얘기를 하시니까 그럼 저도 솔직히 말씀드릴게요.

남자의 언성이 아까보다 높아졌다.

만약 제가 이 말을 진작에 했으면요, 우리 부부가 지금 이런 상태다, 라고 했으면 두 분 여기까지 오셨을 겁니까? 그냥 안 한다, 하고 안 내려오셨을 거 아닙니까? 그렇지요?

일이 이상하게 돌아가고 있다는 강렬한 의심이 들었다. 카페인이든 뭐든 설은 눈앞의 커피를 들이켰다. 산미가 심하고 엄청나게 맛이 없는 커피였다.

피디 선생님들, 그러니까 오해하지 마시고 제 말 한 번 끝까지 들어보세요. 제가 언제 촬영 안 하겠다고 했나요?

설은 어안이 벙벙했다. 노정훈 씨는 이 휴먼 다큐멘터리의 주인공으로 촬영에 참여하겠다는 의사를 분명히 밝혔다. 시간을 주면 자신이 아내를 설득해 같이 출연하겠다는 것이 그의 입장이었다. 예상해보지 못한 전

33

우리가 떠난 해변에 ― 정이현

개였다. 설이 흘끗 선우 쪽을 보았다. 그녀의 안색도 이미 창백했다. 우리도 기획안이 있으므로 그 부분에 대해 좀 더 내부적 고민이 필요할 것 같다고, 방송작가 생의 연륜을 그러모아 설은 간신히 대답했다.

그 보내주신 기획안이라는 거 저도 읽어봤는데 결국 사랑에 대한 내용이지 않습니까?

노정훈 씨는 이제 그들을 설득하려 했다.

사랑이 고정불변한 틀 안에서 존재한다는 것도 착각 아닌가요? 사랑은 감정인데 네모 통에 담으면 네모가 되고 원형 통에 담으면 또 원형이 되는 거죠.

…….

애 엄마가 떠났어도 저는 우리가 완전히 끝났다고 생각 안 합니다. 같이 애 낳고 살아온 세월을 그렇게 무 자르듯 끊어낼 수 있는 것도 아니고요.

노정훈 씨가 오픈 주방으로 가더니 생맥주를 한 잔 따라 와 꿀꺽꿀꺽 마셨다.

그렇잖아요? 우리 부부가 지금 이렇게 됐다고 해서, 그때의 특별한 사랑이 사라지나요, 없어지나요?

아니요, 사라지지도, 없어지지도 않아요, 하고 설은 속으로 중얼거렸다. 그런데 그 자리에 있다고 정말 그대로 있는 걸까요, 하고.

모든 멈춘 것은 퇴색하고 틈이 벌어지고 낡아간다. 움직이지 않는 바위는 제자리에서 조금씩 바스러지고 있다. 어느 날 회색 재로 풀썩 무너져 내려 실체조차 없어질 때까지. 움직이지 않는 사랑도 언젠가 그처럼 소멸

하리라는 희망만이 그동안 설을 버티게 했다.

그리고 이번 기회에 저희가 다시 화해를 할 수도 있잖아요. 촬영하면서 대화도 하고 오해도 풀면서요. 저희 부부가 방송에서 만난 사이니까 방송으로 다시 회복하면 그만큼 의미도 있을 것이고.

설은 대답하지 않았다.

그런데 선생님, 만약에 말이에요.

선우가 말했다.

만약 이혜정 님께서는 촬영을 원하지 않으신다면 어떻게 하죠?

미리 준비해둔 답변인지 노정훈 씨는 망설이지 않고 대답했다.

그러면 저 혼자도 할 수 있어요. 싱글 대디와 사춘기 아들이 좌충우돌 살아가는 얘기도 그림 괜찮을 겁니다. 그쪽이 더 감동적인 사랑일 수도 있어요.

설은 남자의 눈을 보았다. 퀭한 눈, 퀭해서 슬픈 눈이었다. 누구나 자신의 방식으로, 이 사람은 이 사람의 방식으로 풍화를 견디는 중이었다.

네, 알겠습니다.

선우는 입에 대지도 않은 커피를 남겨둔 채 일어섰다.

저희가 이혜정 님 입장도 따로 들어보고 다시 연락드리겠습니다.

설을 거의 잡아끌다시피 하여 선우는 밖으로 나왔다. 차 옆에 서서 선우는 손등으로 눈가를 훔쳤다. 날이 제법 서늘했으니 땀이라고 둘러대기엔 무리가 있었다. Y시

35
우리가 떠난 해변에 — 정이현

는 멀찍이 준엄한 산자락과 너른 바다로 둘러싸인 지형
이었다. 그러나 지금 여기서는 사방을 둘러봐도 준엄하
고 너른 것은 아무것도 보이지 않았다. 설은 깊고 큰 숨
을 내쉬었다.

선배님, 저 우는 거 아니에요.

선우가 두 손으로 얼굴을 가린 채 중얼거렸다.

저 지금 실망해서 이러는 거 아니에요. 그냥 다 제 문
제예요. 저분들 문제가 아니라.

설은 다시금 선우의 등을 도닥여줄까 하다가 그렇게
하지 않았다. 잠시 후에 선우는 감정을 수습하고 운전석
에 올랐다.

뭔가 먹으러 갈까요. 차가운 거.

설은 고개를 끄덕였다.

선배님 국수 좋아하시면 여기 진짜 맛있는 메밀국숫
집 있는데!

좋아요.

선우를 따라 느낌표를 붙여보려고 했지만 잘되지 않
았다. 그들은 노정훈 씨가 일러준 바다 방향으로는 가지
않았다. 의도적인 것은 아니었다. 메밀국수를 다 먹고
나서 설은 주영과 주영의 간병인과 그들의 문자메시지
에 대해 일시적으로 잊고 있었음을 알았다. 그 또한 의
도는 아니었다.

*

서울로 돌아온 뒤 회의를 한 번 더 했다. 선우의 회사

건물 1층의 커피숍에서였다. 의외로 회사에서는 노정훈 씨와 이혜정 씨의 현재 서사에 관심을 보였다고 했다.

팀장이 그러더라고요. 설마 아직도 잘살고 있을 줄 알았느냐고. 둘을 따로 촬영해서 반반 붙이면 어떻겠냐 고도 하고요. 남들이 영원히 사랑한다는 얘기가 재미있 겠냐 그 반대가 재미있겠냐고 당연한 걸 왜 모르냐는데, 글쎄 전 잘 모르겠어요.

모르기는 설도 마찬가지였다. 아무려나 기획은 무산 되었다. 이혜정 씨 쪽에서 단호하게 거절했기 때문이 다. 그녀는 진행 중인 양육권 소송에 영향을 미칠 수 있 는 어떤 방식의 촬영도 불가하며, 만일 자신과 가족의 실명 혹은 특정할 수 있는 정보가 미디어에 거론될 시 법적 조치를 취하겠다고 말했다.

우리가 사실 뭘 특별히 한 것도 없는데.

선우가 들릴락 말락 중얼거렸다. 무엇보다 설에게 미 안하다고 반복해 사과했다. 어떤 표정을 지어야 할지 난 감해서 설은 희미하게 웃었다. 헤어지기 전에 선우가 물 어보고 싶은 게 하나 있다고 했다.

저 지금 굉장히 용기 내서 여쭤보는 건데요, 앞으로 제가 혹시 언니라고 부르면 불편하실까요?

설이 뭐라고 대답했는지는 비밀이었다. 돌아오는 길 에 주영이 입원해 있다는 병원에 들렀다. 주영의 간병인 이 설에게 메시지를 보낸 날로부터 꼭 일주일이 지났다. 개인정보 보호법이 엄격한 시대였다. 한주영이라는 이 름의 환자가 아직도 입원 중인지 아닌지, 아니라면 퇴원

했는지, 죽었는지 살았는지 다른 경로를 통해 알 방법은 없었다.

요즈음 대형 병원의 지하층은 마치 복합 쇼핑몰의 아케이드처럼 꾸며놓았다. 프랜차이즈 아이스크림 숍과 죽집, 꽃집, 편의점, 그리고 여러 종교별 기도실들이 차례로 있었다. 필요한 사람은 그중 아무 문이나 열고 들어가 눈을 감고 두 손을 모을 수 있을 것이다. 설은 기도 대신 아이스크림을 택했다. 체리쥬빌레 컵을 받아 들고 유리창 안쪽에 앉았다. 환자복을 입고 지나가는 여자들을 하나하나 유심히 보았다. 저 중에 혹시 주영이 있을까. 저기 저 휠체어를 스스로 밀고 가는 여자가 주영일까. 주영이 그사이 머리가 저렇게 하얗게 세버린 걸까. 이루 표현할 수 없을 만큼 가슴이 저렸다. 어딘가 고여 있을 눈물이 밖으로 떨어지지 않았다. 좋은 징조였다.

SHORT STORIES ABOUT LOVE, FAREWELL & DEATH

Part 2
이별에 관한 짧은 소설

쉴 곳

임솔아

자기가 운전을 하면 멀미를 안 하는구나. 민영은
비탈이나 커브가 있는 도로에서도 노래를 흥얼거리며
운전을 할 수 있었다. 그런데 그날은 멀미가 났다. 속이
답답하고 울렁거렸다. 신트림이 올라왔다. 민영은 멀미를
참기 위해 이를 악물었다. 뒷좌석에 앉아 검은 봉지 안에
얼굴을 넣고 이를 악물던 어린 시절처럼. 그리고 턱이
떨리기 시작했다. 민영은 손으로 아랫입술을 매만졌다.

　　정화와 민기의 집에 도착했을 때는 밤 12시가 넘어
있었다. 민영은 텃밭 옆에 차를 세우고 집을 바라보았다.
파란 기와를 얹고 다홍색 용마루로 포인트를 넣은
외양은 아무리 봐도 촌스러웠지만 층고가 높아 옹색한

느낌은 들지 않았다. 마당에는 키가 큰 배나무와
모과나무, 체리나무가 있었는데 얼어 죽지 않도록
볏짚으로 꼼꼼하게 싸여 있었다. 키가 작은 꽃나무들은
하나하나 비닐 모자를 씌웠고, 추위에 강한 편인
장미에는 밑동에 솔잎을 덮었다. 정화와 민기의 집은
환했다. 민영을 기다리고 있을 터였다. 민영은 긴장감이
탁 풀리는 것을 느꼈다. 살아본 적도 없는 집을 이토록
아늑하게 느낀다는 것이 이상했다. 민영은 없는 기억을
떠올릴 수도 있었다. 정화와 민기의 집 텃밭에 앉아
두더지가 땅을 판 흔적을 구경하고 있는 민영이 보였다.
나무 울타리 위에 올려둔 해바라기씨를 다람쥐가 두 발
모아 먹고 있는 것을 숨죽여 지켜보는 민영이 보였다.
우편함 끝에 앉아 있는 잠자리를 두 손가락으로 잡아
잠자리의 발끝을 한쪽 볼에 대어 보는 민영, 너럭바위에
꽃잎을 올려두고 돌로 찧으며 놀고 있는 민영, 비가 막
그친 때에 처마 끝에서 떨어지는 빗물을 발로 툭툭 차고
있는 민영.

　　민영은 현관문을 열었다. 나 왔어, 라고 큰 소리로
외쳤다. 어, 왔어, 라고 민기가 답했다. 달콤한 냄새가
났다. 민영은 코를 킁킁거리며 주변을 둘러보았고,
식탁 위 우드볼에 놓여 있는 고구마를 집어 들었다.
호박고구마네, 반으로 잘려 있는 고구마를 한입 베어

물었다. 민기와 정화는 폭폭한 밤고구마를, 민영은
물컹한 호박고구마를 좋아했다. 소파 위에는 실리콘
핫팩이 놓여 있었고 아직 따뜻한 기운이 남아 있었다.
민영은 한 손에 고구마를 쥐고 다른 손으로 핫팩을
끌어안은 채 벽에 걸려 있는 가족사진을 보았다. 부부
사이에 교복을 입고 있는 민영이 있었다. 민영은 민기와
남매 사이였지만, 나이 차이가 열여덟 살이나 나서
부녀지간처럼 보였다. 셋 다 으— 하는 입 모양으로
억지웃음을 짓고 있다. 표정들이 이게 뭐냐며 정화는
사진사를 탓했지만, 민영은 그 부자연스러움이 나쁘지
않았다. 자연스러웠다면 정말 가짜 같았을 테니까.

"옷부터 갈아입어."

민기의 목소리가 들려왔다. 서재에 있는 모양이었다.
매일 보는 가족을 맞이하듯 무심한 말투였다. 민영은
방에 들어가 옷장을 열었다. 민영이 두고 간 체크무늬
잠옷이 그대로 있었다. 옷을 갈아입고 나왔을 때, 이상한
얼굴의 민기가 거실에 서 있었다.

"언니 편의점 갔어. 금방 올 거야."

민기가 민영에게 말했다. 민영은 한 발짝 물러섰다.
분명 민기였는데, 민영이 알던 민기는 아니었다.

"저녁은 먹었어?"

민기가 물었다. 민영은 선뜻 답을 못 했다. 민기의

얼굴만 쳐다보았다.

　"아, 처음 봤나?"

　　민기는 한 박자 늦게 손가락으로 콧날을 매만졌다.
목덜미를 긁적이더니 부엌으로 향했다. 냉장고에서
유리병을 꺼내 차를 컵에 따랐다. 밤에 바깥에 나갔다가
발을 헛디뎠다고 민기는 말했다. 넘어졌는데 바위에
코를 박아버렸다고. 재건 수술을 하는 김에 모양도 좀
바꿨다고 했다.

　"별로니?"

　"다른 사람 같아."

　　민영이 중얼거렸다. 민기는 씨익 웃으며 컵을
건넸다. 집에서 키운 작두콩을 말려 만든 차라고 했다.
민영은 얼떨결에 컵을 받았다. 소파에 앉아 차를 다 마신
뒤에야 민영은 언제 다친 거냐고, 많이 다쳤던 거냐고
물어보았다. 민기는 구부정하게 앉아 TV 채널을 돌리고
있었다.

　"걱정 마. 아무렇지도 않아."

　　민영은 몸이 서늘해졌다. 방바닥에 흩어져 있던
거울 조각들이 떠올랐다. 그 거울 조각들에 묻어
있던 핏자국이 떠올랐다. 민기의 이마에서 흘러내린
피가 코를 타고 내려와 입술 속으로 들어가고 있었다.
피에 물든 이를 드러내며 민기는 말했었다. 걱정 마.

쉴 곳 ─ 임솔아
47

아무렇지도 않아.

　민영은 기억을 떨치기 위해 두 눈을 깜빡였다.
민기의 얼굴을 유심히 살폈다. 콧날이 오똑하게 서
있었다. 펑퍼짐했던 콧볼도 갸름하게 바뀌어 있었다.
눈동자에 졸음이 가득했다. 민기는 입을 크게 벌리고
하품을 했다. 눈가의 주름을 따라 눈물이 번졌고, 민기는
그것을 손바닥으로 닦아냈다. 기억 속의 민기와 지금의
민기는 많이 닮았지만, 다른 사람 같았다.

　"지금이 낫네."

　민영은 그제야 민기를 향해 웃어 보였다.

　정화는 커다란 비닐봉지를 들고 왔다. 봉지 가득
아이스크림이 들어 있었다. 찬 바람이 스며 있는 정화의
외투를 건네받으며 민영은 뭘 또 이런 걸 사러 갔느냐고
말했다. 민기는 자기가 먹고 싶어서 부탁했다고 했다.

　"오빠가 아직도 아이스크림을 하루에 세 개씩
먹는다."

　"진짜?"

　"진짜라니까. 네가 좀 말려봐."

　일러바치듯 정화가 말했다. 그러나 민영이 오지
않았더라면 정화는 이 밤에 아이스크림을 사러 나가지는
않았을 거였다. 정화는 냉동고에 아이스크림을 차곡차곡
넣고, 냉장실에서 냄비와 반찬 용기를 꺼냈다. 저녁은

먹지 않아도 된다고 민영은 말했다. 너 먹으라고 차리는
거 아니라고, 오빠랑 내가 먹으려 한다고 정화가 답했다.

"그러지 말라니까."

민영은 정화에게서 반찬 용기를 받아 들었다.
민영이 오는 날이면 정화와 민기는 꼭 함께 밥을 먹었다.
민영이 몇 시에 도착하든 그랬다. 밤 12시 30분. 민영과
정화와 민기는 식탁에 앉아 저녁을 먹기 시작했다.

정화와 민기가 나란히 앉았고, 민영은 반대편에
앉았다. 돼지고기장조림과 더덕무침, 코다리조림 같은
메인 반찬들이 민영 가까이에 놓였다. 예전에는 정화와
민영이 나란히 앉고, 민기 혼자 반대편에 앉아 밥을
먹었다. 자리가 바뀐 게 언제부터였더라, 민기와 정화가
이 집에 이사를 온 이후부터인 듯했다.

"뭐가 없네. 장조림은 새로 한 건데. 입에 맞아?"

정화가 민영에게 물었다. 민영은 일곱 살 때부터
정화가 만든 돼지고기장조림을 먹어왔다. 민영은
장조림을 너무나 좋아한 나머지 줄어드는 것이 아까워
실처럼 가늘게 찢어 먹었다. 언젠가는 민영이 먹는
것을 지켜보던 민기가 맛이 없어서 그렇게 먹는 거냐고
물었다. 민영은 가느다란 장조림을 더 잘게 찢으며
답했다. 아니, 꿀꺽 삼키면 금방 없어지잖아. 그때 민기는
정화에게 벌컥 소리를 질렀다. 저까짓 게 뭐라고 애가

음식을 저렇게 먹냐고. 민기의 얼굴이 벌겋게 달아올라
있었다. 왜 소리를 지르고 그래, 많이 만들어주면
되잖아. 당황스럽다는 듯 정화는 답했다. 그날 이후로
냉장고에서 장조림은 떨어지는 날이 없었다. 정화는
집에 처음 온 사람에게 하듯 입에 맞냐고 매번 물었다.
정화와 민기는 민영을 손님처럼 대했다.

　"옛날하고 똑같아."

　　민영이 답했다. 정화의 돼지고기장조림이 민영은
이제 맛있지 않았다. 변한 건 민영의 미감이었다.
정화가 편의점에서 사 오는 아이스크림도, 민영을 위해
쪄놓은 호박고구마도, 민영은 예전처럼 맛이 있지는
않았다. 민영은 적당히 래스팅된 스테이크나 페퍼민트가
올라간 레몬셔벗 같은 것을 너무 많이 먹었다. 샥슈카나
후무스, 카이막 같은 이국적인 음식을 제대로 만들어
내는 맛집을 줄줄이 꿰고 있었다. 훌륭한 맛집 리스트를
업데이트하는 일은 사회생활에 도움이 되었다. 새로운
음식들은 끝도 없이 나타났고 점점 더 맛있어지고
있었다. 처음에는 그것들을 먹을 때마다 정화와 민기
생각이 났다. 정화와 민기가 귤을 사 먹을 계절에 민영은
천혜향과 레드향을 보냈다. 애플망고나 샤인머스캣을 사
가기도 했다. 고구마를 오븐에 구워 버터와 꿀을 바르고
시나몬을 뿌려 선보였다. 정화와 민기는 민영이 준비한

음식을 잘 먹었다. 이런 건 처음 먹는다면서, 너무나
맛이 있다면서. 그때뿐이었다. 민영이 사 온 스타벅스
믹스커피를 싱크대 위에 올려둔 채 정화는 맥심
모카골드를 타 먹었다.

　민영은 국을 떠먹으며 민기를 흘끔흘끔 쳐다보았다.
민기가 모르는 사람처럼 낯설었다. 콧날이 높아지자
이목구비가 또렷해졌고 인상이 더 차가워 보였다. 민기의
납작했던 코는 웃을 때면 더 납작해졌고 그것이 민기를
그나마 부드러운 인상으로 만들어줬다는 걸 민영은
뒤늦게 알아챘다. 기억 속에서 민영은 계단을 깡총깡총
내려오고 있었다. 자그마한 마당을 가로질러 대문을
열고 뛰어나왔다. 대문 바로 앞에 의자가 놓여 있고
아버지는 거기에 앉아 있었다. 자주 그곳에 있는데도
민영은 아버지를 발견할 때마다 깜짝 놀랐다. 너무
미동도 안 하고 있어서였다. 아, 깜짝이야, 민영은 가슴을
쓸어내렸다. 아버지는 천천히 고개를 돌려 민영을
쳐다봤다. 감정이 느껴지지 않는 무표정한 얼굴이었다.
어느 날부터인가 대문 앞에는 의자만 있었다. 없네,
빈 의자를 보며 민영은 생각했다. 놀기 위해 골목으로
뛰어나갔다. 그 아버지만큼이나 민기는 나이가 들었고,
그 아버지만큼이나 서먹하게 느껴졌다. 그렇지만 민기가
모르는 사람처럼 느껴지는 것이 좋았다. 민영은 괜히

자신의 코를 만지작거렸다. 민기와 민영은 눈매와 입매가
똑 닮았지만, 코만은 다르게 생겼다. 민영의 코가 자신을
닮은 것 같다고 정화는 말하곤 했다. 콧망울의 연골이
두 갈래로 갈려 있다는 게 똑같다면서. 피가 섞이지
않은 정화를 닮았을 리 없었지만, 어렸을 때 민영은 그
말을 믿었다. 민영이 일곱 살이었을 때 민기는 정화와
결혼을 했고, 이후로 쭉 셋이서 살았다. 정화는 민영을
민기의 동생이 아닌 자신의 딸로 키웠다. 딸이라거나
엄마라거나 하는 표현은 한 적 없었지만, 정화는 화가
날 때마다 민영을 '우리 애'라고 말했다. 현관에 서서
씩씩거리던 정화를 민영은 기억하고 있었다. 그때 민영은
학습지를 구독했는데, 방문 교사가 집에 오는 수요일에
일주일 치를 몰아서 풀어버리는 버릇이 있었다. 초등학교
저학년일 때에는 상관이 없었지만 고학년이 되면서
문제가 어려워졌다. 쉬는 시간과 점심시간을 쏟아붓고
집으로 걸어오는 길에서도 학습지를 붙들고 있었지만
다 풀어내지 못할 때가 많았다. 그때마다 정화는 교사가
현관문을 나가면 매를 들었다. 못 푼 학습지 한 장당 한
대였다.

　　"저번 주에도 못 풀었잖아. 벌을 받아야겠는데."
　　교사가 학습지를 뒤적이며 말했다. 민영은 안
그래도 벌을 받는다고 답했다. 선생님이 돌아가시면 못

푼 학습지 한 장마다 한 대씩 맞는다고.

"벌이 약한가 보네. 오늘은 선생님한테 맞아야겠다."

교사가 검은 가방에서 자를 꺼냈다. 민영은 두
손바닥을 위로 올렸고, 교사는 자로 손바닥을 내리쳤다.
선생님의 매는 정화의 매보다 훨씬 약했고, 민영은
오히려 잘된 일이라고 생각했다. 네 대째 내리쳤을
때 안방에서 정화가 나왔다. 정화가 교사의 손목을
잡아챘다.

"당신 뭔데 우리 애를 때려?"

교사가 가버린 뒤에도 정화는 현관을 바라보며
씩씩거렸다. 우리 애를 감히 내 앞에서 때려.

민영은 코끝을 검지로 꾹꾹 눌렀다. 정화의 코를
만져보고 싶다고 말했다. 밥 먹다 뜬금없이 왜 코를
만지냐며 정화는 웃었지만, 숟가락을 내려놓고 민영을
향해 얼굴을 내밀었다. 민영은 정화의 코를 만졌고,
민기의 코를 향해 손을 뻗었다. 참 나, 라고 말하면서
민기도 코를 내어주었다. 민기의 코가 석고상처럼
딱딱했다.

"와, 이거 진짜 가짜네."

민영이 말했다. 민기가 언제 다친 것이냐고
정화에게 물어보았다. 1년도 더 된 일이라고 정화는
답했다.

"말도 마. 그때 오빠 코가 어땠는지 아니."

정화가 혀를 내둘렀다.

"덕분에 언니가 코가 잘생긴 남편이랑 살게 됐다."

민기가 정화의 말을 끊어내며 농담을 했다. 민기와
정화는 동갑이었는데 민영 앞에서는 서로를 오빠,
언니라 불렀다. 민영이 사용하는 호칭을 그대로 썼다.

"왜 나한텐 말을 안 했어."

민영이 물었다.

"모르는 줄 몰랐지."

민기가 고추장아찌를 베어 물었다.

"아냐, 오빠가 말하지 말랬어."

이번에는 정화가 민기의 말을 끊었다.

"내가 언제. 이상한 말을 하네."

민기가 고개를 돌려 정화를 쳐다보았다. 정화가
코에 대한 이야기를 하는 것이 민기는 불편한 눈치였다.
민기가 쳐다보고 있다는 걸 다 알면서도 정화는
시치미를 떼고 있었다.

"이상한 사람이 누군데."

"민영아, 이거 잘 익었다."

민기는 고추장아찌 하나를 민영의 밥그릇에
올려놓았다.

"그래 민영아. 너 그거 한번 먹어봐."

정화는 민영이 고추장아찌를 먹는 것을 골똘히 쳐다보았다.

"그게 맛이 있니?"

민영은 정화와 민기를 번갈아 보았다. 이번에는 고추장아찌구나, 민영은 생각했다. 그전에는 닭이 낳은 달걀을 씻어서 보관해야 하는지 씻지 않고 보관해야 하는지를 두고 다퉜다. 그 전에는 죽어버린 뻐꾸기 시계 때문에, 새로 만들 우편함의 디자인 때문에, 모종을 심는 방법 때문에 다퉜다. 고추장아찌를 우물거리다가 민영은 글쎄, 라고 답했다.

"별로지? 저 빨간대문집에서 가져온 거거든. 오다가 봤지? 왜, 빨간대문."

기억나지 않았지만 민영은 본 것 같다고 답했다. 정화가 말을 쏟아내기 시작했다.

"빨간대문집 여자랑 처음엔 서로 반찬도 가져다주고 잘 지냈는데, 그 여자가 이제 오빠하고만 얘기를 한다. 날 보면 예, 안녕하세요, 하고는 슥 가버려. 오빠랑은 둘이서 30분씩도 얘기를 하면서. 내가 가까이 가면 입을 꾹 다물어버린다. 둘이서만 아주 재밌어."

"또 언니가 이상한 얘기를 한다."

민기가 젓가락을 소리 나게 내려놓았다.

"아니야. 저기, 용철이 와이프도 그래. 오빠랑 나랑
   있는데 나를 없는 사람처럼 굴어. 내가 옆에 눈
   동그랗게 뜨고 있는데. 오빠도 내 말을 잘라내기만
   해. 둘이서만 따로 할 얘기가 있는 건지."
"민영아, 언니가 걱정이다."
   민기가 소리 나게 한숨을 쉬며 말했다.
"언니가 저렇게 나이 들지 않았으면 좋겠는데."
"누가 할 말인데."
   정화가 쏘아붙이며 자리에서 일어났다. 이 장면도
민영은 낯이 익었다. 정화는 민기나 민영과 함께 있을
때면 조곤조곤 말을 잘 했지만, 낯선 사람 앞에서는 영
숫기가 없었다. 대화에 끼지 않고 웃음을 머금은 채 뒤에
서 있곤 했다. 정화의 성격을 파악한 사람들은 곧잘
정화에게 무신경해졌다. 점심으로 무엇을 먹고 싶으냐고
다른 이들에게 물으면서도 정화에게는 묻지 않는
식이었다. 그들은 자신이 정화를 잘못 봤다는 걸 금세
알게 됐다. 정화는 무던하게 지내고 싶었을 뿐 의견이
없는 사람은 아니었다. 왜 나한테는 묻지 않느냐고
정화는 말했다. 사람들은 갑자기 화를 내는 정화를
당황스러워했고 얼마 지나지 않아 정화를 어려워했다.
반면 민기는 언제나 사람들의 중심에 있었다. 어깨를
건들거리며 너스레를 떨어야 하는 순간과 깍듯하게

예의를 차려야 할 순간과 목소리에 힘을 주어 주장을
펼쳐야 하는 순간을 민기는 정확하게 구별했다. 40년도
넘게 어울려왔던 친구들과 이 새끼 저 새끼 해대며
술잔을 부딪치다가도 여자 직원에게 말도 안 되는
농담을 하는 친구를 목격하면 추태를 부리지 말라고 딱
잘라 경고했다. 좁은 길 한가운데에서 천천히 걸어가고
있는 노인에게 민기는 절대 크락션을 울리지 않았다.
부부 동반 여행을 갈 때면 민기는 앞장서서 일행을
통솔했고, 정화는 조금씩 뒤처지다 마침내 무리의
끝자락에 있곤 했다. 몇 번이고 정화가 민기를 불렀지만
그때뿐이었다. 정화는 그걸 서운해했다. 다른 부부들은
붙어서 걷는데, 우리도 같이 걸었으면 좋겠는데.
　　정화가 외롭다는 말을 하려 한다는 걸 민영은
알았다. 나도 마을 사람들과 함께 얘기하고 싶다고
말하고 싶어 한다는 걸. 정화는 마음을 솔직하게 표현할
줄 몰랐다. 하고 싶은 말이 있을 때면 비웃음을 담아
빈정거렸다. 민기는 정화의 속뜻을 매번 알아채질
못했다. 정화가 말도 안 되는 트집을 잡는다고
여겼다. 그리고 타인 앞에서 정화를 이상한 사람으로
만들어버렸다.
　　정화와 민기를 보고 있으면 민영은 자신이 어떤
사람인지가 여실히 느껴졌다. 다른 아이들이 엄마와

아빠를 보고 배우듯 민영도 정화와 민기를 닮아가며
자랐다. 마음을 솔직하게 표현하지 못하고 이죽거리는
정화의 말투를 닮았고, 소중한 사람의 마음을 읽지
못하고 여러 사람 앞에서만 체면을 차리는 민기의
성격도 닮았다. 평소에는 애써 감춰왔던 자신의 단점이
정화와 민기를 보고 있자면 너무나 또렷하게 느껴졌다.

정화는 거실로 나가버렸다. 민기는 반찬 뚜껑을
주섬주섬 닫고 있었다. 민영은 부엌과 거실 사이에 서서
두 사람을 번갈아 보았다.

"둘이 싸우는 거야?"

민영이 물었다. 정화와 민기가 동시에 민영을
쳐다보았다.

"아니야."

"우리 안 싸워."

정화와 민기가 동시에 손을 내저었다. 민영은
수저와 밥그릇을 싱크대에 넣었다. 고무장갑을 끼려
했을 때, 민기가 손가락으로 거실 방향을 가리켰다.

"언니한테 가."

민기가 고무장갑을 건네받았다. 민영은 정화 옆에
가서 앉았다. 고구마의 껍질을 벗기며 평소에도 오빠가
설거지를 하냐고 물었다.

"응, 김장도 오빠가 혼자 다 했어."

민영은 껍질을 벗긴 고구마를 정화에게 건넸다.
정화는 고구마를 받아 베어 물었다.

"오빠 변했어."

"알지."

정화가 부엌으로 가 김치를 꺼내 왔다. 고구마
위에 김치 한 점을 얹어 민영에게 주었다. 자신의
고구마에도 김치를 얹어 먹었다. 역시 김치랑 먹어야
고구마가 맛있다고 정화는 말했다. 설거지를 끝낸
민기가 거실로 나왔다. 정화와 민기는 사소한 모든
일로 티격태격했다. 사소한 일에만 그랬다. 사소하지
않은 일도 마침내 사소하게 만들 수 있게 되었다.
민영은 5년 전 대관령에서의 겨울 여행을 떠올렸다.
그때 민영은 정화와 민기가 다투는 소리 속에서
처음으로 졸음이 왔다. 화장실 수압이 마음에 들지
않았던 정화가 투덜거렸고, 민기는 그것을 이 펜션을
고른 자신을 탓하는 소리로 받아들인 모양이었다.
민영은 식탁에 노트북을 올려두고 회사 대표에게
메일을 쓰던 중이었다. 직장 상사로부터 사과를 받지
못한다면 퇴사를 하겠다는 내용이었다. 맨 마지막 줄에
'감사합니다'를 써야 할지 말아야 할지를 두고 고민하고
있었다. 정화와 민기의 목소리 때문에 메일에 집중할
수가 없었다. 민영은 그들의 목소리가 성가셨다. 모기를

쉴 곳 — 임솔아
59

내쫓듯 고개를 휘저었다. 그 순간 마음이 차분해졌다. 정화와 민기의 다툼이 어린 시절 민영에게 얼마나 커다란 공포를 주었는지가 떠올라서였다. 공과금을 한 달 연체했다거나 드라마를 보며 의견이 달랐다거나. 아무것도 아닌 일도 정화와 민기의 대화를 거치면 큰 싸움으로 번지곤 했다. 민영은 자기 방에 들어갔고, 문에 귀를 댄 채 목소리를 훔쳐 들었다. 몸이 너무 떨려서 몸이 떨리는 소리가 문 바깥까지 들릴 것만 같았다. 떨림을 멈추려고 숨을 참게 되었고, 너무 오래 숨을 참아서 죽을 것 같았다. 이제 정화와 민기의 다툼은 민영에게 어떤 떨림도 일으키지 않았다. 민영은 노트북을 켜둔 채 자리에 앉아 있었다. 정화와 민기가 다투는 소리를 듣고 있었다. 눈꺼풀이 점점 내려앉았다. 이 시끄러움 속에서도 졸음이 온다는 게 반가웠다.

민영은 사과를 받지 못한 채 퇴사했다. 9년을 일해온 회사였다. 견디기 어려울 때마다 정화와 민기를 떠올렸다. 언젠가 이것도 사소해질 것이라 되뇌었다. 그리고 믿음대로 되어갔다. 새로운 회사에 적응하고 자리를 잡았을 때에 민영은 조금 다른 사람이 되어 있었다. 누군가 업무나 책임을 떠넘겨도 아무렇지도 않았다. 다만 생각할 뿐이었다. 모욕을 당하고 있구나. 출근을 하다가 접촉 사고를 당한 날에도 그랬다.

가만히 서 있던 민영의 차를 박아놓고 상대편 차주는
신경질적으로 소리를 질러댔다. 민영은 그 사람의
표정 변화를 가만히 지켜보았다. 그 사람은 삿대질을
하면서도 민영이 반응하지 않아서 더 화가 나는 듯했다.
에너지가 많은 사람이네, 두 눈을 껌뻑거리며 민영은
생각했다. 보험회사에 제출하기 위해 블랙박스 화면을
확인할 때에야 민영은 이상한 점을 발견했다. 화면
속에서 민영이 손을 떨고 있었다. 민영은 자신의 손을
자주 내려다보게 되었다. 아무 감정도 일지 않았고 아무
상처도 받지 않은 것만 같았는데, 손이 계속 떨려왔다.
자기 손이 아닌 것 같았다. 민영은 손떨림을 감추기
위해 손을 몸 뒤로 숨기는 버릇이 생겼다. 그러자 턱이
떨려왔다. 대화를 나누는 상대도 그걸 의식하고 있다는
게 느껴졌다. 몸이 제어되지 않는다는 걸 알게 되자
대화를 시작하기도 전에 긴장이 되었다. 사적인 대화를
할 때 더 심하게 떨려왔으므로 민영은 말을 삼가게
되었다. 점심시간에 동료들과 함께 밥을 먹거나 짬을
내어 잡담을 나누는 것을 최대한 하지 않았다. 혼자 있을
때의 민영은 괜찮았다. 몸이 안 떨리는 건 아니었지만,
그게 두렵지는 않았다. 흔들림 없이 업무를 해냈다.
그리고 민영은 차를 몰고 정화와 민기의 집으로 갔다.
민영은 그들의 다툼을 계속 보고 싶었다.

　　민기는 먼저 자겠다며 방으로 들어갔다. 민영은
정화에게 새치를 뽑아달라고 말했다. 정화의 무릎을
베고 누웠다.
　　"그래도 여기가 좋지 않아? 사람 때문에 일희일비 안
　　해도 되잖아."
　　민영이 정화에게 물었다.
　　"이놈의 동네는 모르는 사람이 하나도 없다. 그나마
　　서울에서 살 때는 길거리에 아는 사람보다 모르는
　　사람이 많아서 숨 쉴 수나 있었지."
　　민영의 머리카락을 쓸어내리며 정화가 말했다.
　　"공기는 좋잖아."
　　"그래, 날씨가 문제다. 작년 여름에 비 왔을 때 저
　　위에 캠핑장 뒷산 무너졌다더라."
　　"바로 위에 흰개 키우는 캠핑장 말하는 거야?"
　　정화가 고개를 끄덕였다. 대피를 갔었냐는 민영의
질문에 정화는 고개를 저었다.
　　"날씨가 날마다 무섭지."
　　대수롭지 않다는 듯한 말투였다. 그 말투 그대로
말을 이었다.
　　"오빠 코. 오빠가 그런 거야."
　　"오빠가 그랬다니?"
　　민영은 정화를 올려다봤다.

"텃밭에서 돌 뽑다 말고 빠루로 자기 얼굴을
후려쳤어, 오빠가."

그리고 정화는 찾았다, 라고 말했다. 쪽가위를
들어 조심스럽게 새치 하나를 잘라냈다. 만 원이다,
라고 말하며 휴지 위에 새치를 올려놓았다. 정화는
휴지에 올려 놓은 새치를 유심히 들여다보았다. 검은
머리카락이 같이 뽑혀버렸다면서 쯧쯧 혀를 찼다.
빠루로 자기 얼굴을 후려쳤다니까, 오빠가.

"끝난 거 아니었어?"

"맞아. 끝났었지."

정화는 여전히 민영의 머리칼을 뒤적거렸다. 민영은
무슨 말을 해야 할지 몰라 누워만 있었다. 정화에게 다시
물었다.

"무슨 일이 있었는데?"

정화의 손길이 멈추었다. 정화는 돋보기를 벗고 두
눈두덩을 손끝으로 눌렀다. 집이 어둡고 눈이 침침해서
잘 보이지 않는다고 말했다. 그리고 허공을 바라보았다.

"아무 일도 없었어."

정화가 고개를 숙여 민영을 바라보았다.

"난 여기서 못 살겠어."

정화는 사람을 늘 그리워했다. 서울에서 살 때는
문화센터에 등록되어 있는 강좌를 돌아가며 들었다.

그때마다 새 친구를 사귀었고, 새 친구는 얼마 가지
않았다. 그래도 정화는 괜찮았다. 또 다른 강좌에서 새
친구를 만날 수 있었다. 그러나 이곳에서는 불가능했다.
몇몇 집과 멀어지고 나자 민기 말고는 대화를 나눌
사람이 없었다. 정화는 뜨개질을 했다. 모자와 장갑을
뜨고, 니트와 티코스터를 뜨고, 곽티슈 커버를 떴다.
에어컨 커버까지 만들고 나자 감옥도 이보다는 낫겠다는
생각이 들었다. 잡초는 매일 무성하게 자라났고,
며칠만 쉬어도 집을 집어삼킬 듯했다. 정화는 혼자
영어회화집을 필사했다. 회화집에는 상황별로 대화를
하는 방법이 적혀 있었고, 정화는 그것을 되뇌며
새로운 사람과 대화하는 걸 상상했다. 정화는 이제
겨우 쉰다섯이었다. 다시 도시로 가자는 정화의 제안을
민기는 단칼에 거부했다고 했다. 사람들에게 둘러싸여
살아가는 게 넌더리가 난다면서. 역할을 다하기 위해
가면을 쓰고 살아가는 것이 지겹고 외로웠다고 민기는
고백했다. 술에 취해 동료들과 인생의 허탈함을
이야기하는 순간에조차 단 한 번도 속마음을 말해본
적이 없다고. 출근을 할 때마다 민기는 이대로 액셀을
밟고 싶다는 욕망에 시달렸다. 그 욕망 때문에 마흔이
넘어서부터는 자전거를 타고 출근을 했다. 왕복 네
시간의 거리를 미친 듯이 페달을 밟았다. 그리고 민기의

다리가 떨려오기 시작했다. 사람들 앞에 서 있으면
금방이라도 주저앉을 것처럼 다리가 후들거렸다. 긴
시간 동안 참고 또 참아왔다고 민기는 말했다. 정화와
민기는 자신의 남은 삶을 걸고 다퉜다. 결국 민기가
빠루를 드는 것으로 휴전 상태가 되었다.

"오빠 변했다고 했잖아."

민영은 다시 한번 정화에게 물었다.

"맞아. 변했어."

정화는 잠시 생각을 하다가 민영을 향해 맑게
웃었다.

"이번엔 내 앞에서 안 그랬어."

혼자 텃밭에서 그랬지, 라고 정화는 덧붙였다.
정화는 민기가 정말 정화를 배려해서 내린 선택이라고
느끼는 듯했다. 괜히 쓸데없는 이야기를 늘어놓았다며
정화는 자리에서 일어났다. 잘 자, 민영아, 라고 말했다.
민영도 엉겁결에 잘 자라고 답했다.

방문을 닫고 들어오자 빠루를 들고 있는 민기의
모습이 눈앞에 떠올랐다. 민영은 벽에 걸려 있는
자그마한 액자들을 바라보았다. 빠진 앞니를 드러내고
트리 옆에서 웃고 있는 여덟 살의 민영, 벚꽃 놀이를
갔다가 모르는 외국인과 같이 사진을 찍은 열네 살의
민영, 정화의 트렌치코트를 빌려 입고 수학여행을

간 열여덟 살의 민영. 많이 보아온 사진들이었지만
민영의 기억 속에서 그 순간들은 희미했다. 민영에게
사진보다 선명한 순간이 따로 있었다. 교복을 입고
있는 민영이 침대에 웅크리고 있었다. 어둠이 사방에
내려앉아 있었다. 밤은 점점 깊어졌고, 무거워졌고,
민영은 숨이 막혔다. 한순간 자리에서 일어나 책상으로
갔다. 서랍에서 손거울을 꺼냈다. 정화와 닮았다는 코를
매만졌다. 깨져 있는 거울 조각을 줍던 정화의 표정이
어땠는지를 민영은 기억했다. 정화는 공포에 질려
있었다. 민기는 그런 정화를 보며 걱정 말라고 말했다.
아무렇지도 않다고. 그 말은 민영에게도 기괴하게
들렸다. 그 순간 정말 걱정이 되는 사람은 민기가 아닌
정화였다.

　스마트폰이나 지하철이 없던 시절의 얘기처럼.
그때는 그랬다던 옛날얘기일 뿐이었다.

　칙칙거리는 소리에 민영은 눈을 떴다. 압력밥솥의
추가 울리는 소리였다. 전기밥솥이 있었지만, 민기는
민영이 온 날 아침이면 압력밥솥으로 밥을 지었다.
방문을 열자 정화가 왜 이렇게 일찍 일어났냐고 물었다.
점심 때까지 푹 자도 괜찮다면서. 그냥 일찍 눈이 떠졌네,
민영은 답했다. 달걀을 꺼내러 가겠냐고 정화가 물었고,
민영은 그러자고 답했다. 막상 닭장 안에 들어가자

민영은 뒷걸음질을 쳤다. 닭이 달걀을 품은 채 매서운
눈으로 민영을 노려보았다.

"얘가 날 쳐다보는데."

"그냥 꺼내면 돼."

정화가 말했다.

"그냥 어떻게?"

"그냥 아무렇지도 않게."

정화가 답답하다는 듯 성큼성큼 걸어갔다. 달걀을
향해 손을 뻗었다. 닭은 정화가 달걀을 꺼내는 것을
물끄러미 쳐다보았다. 정화는 민영의 두 손에 달걀을
올려놓았다. 달걀이 따뜻하다는 것이 이상하게 느껴졌다.
바깥으로 나오려는 닭들을 정화는 닭장 안으로
몰아넣었다.

"우리가 서울에 돌아가면 너가 쉬러 올 곳이
없어지잖아."

닭장 문을 잠그며 정화가 말했다. 닭냄새가 심하지
않냐고 물었다.

"내가 여길 얼마나 온다고."

정화가 앞장서 걸었다. 민영이 그 뒤를 따라갔다.
민영과 정화와 민기는 둘러앉아 아침을 먹었다. 쉬고
싶으면 언제든 오라고 민기가 말했다. 다 그만두고
와도 돼. 민기는 덧붙였다. 열심히 일할 나이인데 왜

그런 말을 하냐고 정화가 반박했다. 하고 싶은거 다 해,
일도 많이 하고, 여행도 많이 가고. 정화가 덧붙였다.
일을 많이 하라는 게 덕담이 아니라고 민기가 말했고,
그만두라는 건 덕담이냐며 정화가 응수했다.

　　아침을 먹고 나서 민영은 민기와 함께 텃밭을
걸었다. 민기는 걸을 때마다 두더지 흙무덤을
찾아다니며 발로 꾹꾹 밟았다. 넘어질 곳이 없어
보이는데 어디에서 넘어진 것이냐고 민영이 물었다.
너무 캄캄해서 안 보였어, 민기가 답했다. 민영은
없는 기억을 떠올렸다. 정화와 민기의 집 텃밭에 앉아
민달팽이가 기어가는 것을 구경하고 있는 민영이
보였다. 손바닥 위에 올려둔 해바라기씨를 다람쥐가
볼 가득 집어넣고 있는 것을 숨죽여 지켜보는 민영이
보였다. 비가 마구 쏟아지는 날에 마당에 나와 우산을
빙글빙글 돌리며 놀고 있는 민영, 너럭바위를 조약돌로
긁어 민영과 정화와 민기의 이름을 적고 있는 민영, 먹다
남은 옥수수의 알맹이를 땅에 정성스레 심고 있는 민영.
두더지들은 겨울잠도 자질 않는다고 민기가 투덜거렸다.
없는 민영이 그 말을 듣고 좋아하고 있었다. 겨울 내내
흙무덤을 볼 수 있겠다면서.

　"나는 두더지가 좋더라."

　"그래?"

민기가 흙무덤을 밟다가 멈추었다.

"오죽하면 땅속에서 사나 싶어서. 그런 주제에 너무
열심이잖아."

민기가 풋, 하고 웃었다. 그래, 그냥 두자, 라고
말했다. 민영과 민기는 잠시 서로를 보았다. 민기의 눈이
민영과 너무 닮아 있어서, 민영은 그 눈빛이 무엇을
말하는지 이해할 수 있었다.

"오빠, 아이스크림 먹고 싶다."

민영이 민기에게 말했다.

"들어가자."

민기가 두 손을 탁탁 털었다.

"다른 거 먹고 싶어."

"다른 거 뭐?"

이 집에는 그 아이스크림이 없다고 민영은 말했다.
언니와 함께 사 오겠다고 했다. 민기는 그러라고 답했다.
민영은 방에 들어가 옷을 갈아입었다. 가방을 챙기고,
정화를 불렀다. 정화는 휴대폰만 손에 든 채 민영을 따라
나섰다. 지갑도 가져오라고 민영은 정화에게 말했다.
정화가 지갑을 들고 왔다. 민영은 조수석에 정화를
태웠다. 민기가 배웅을 나왔다.

"얼마나 맛있는 건데?"

민기가 물었다.

"오빠 것도 사다 줘?"

정화가 되물었다.

"난 집에 있는 거 먹을란다."

민영은 차창을 올렸다. 백미러를 보았다. 민기가
집으로 돌아가고 있었다. 민영은 액셀을 밟기 시작했다.
마을을 빠져나와, 번화가를 지나갔다. 어디까지 가는
거냐고 정화가 물었다. 멀리 갈 거라고 민영이 답했다.

"좋네. 멀리 가보자."

이렇게 멀리 나가는 게 아주 오랜만이라고 정화는
말했다. 어쩌면 정화는 영영 적응하지 못할지도
모른다고 민영은 생각했다. 민기도 마찬가지일 것이다.

"민영아, 천천히 가자. 언니 멀미 나."

안전바를 잡으며 정화가 말했다. 민영은 정신을
차리고 천천히 브레이크를 밟았다.

"언니, 해볼래? 자기가 운전하면 멀미가 안 나."

"안 한 지 오래됐는데."

"그냥 해봐. 달걀 꺼내듯이."

그럴까? 라고 말하며 정화는 활짝 웃었다. 민영은
갓길에 차를 세웠다. 정화와 자리를 바꿨다. 차는 천천히
나아갔다. 잔뜩 긴장한 듯 정화는 운전대에 상체를
바짝 붙였다. 차가 크게 휘청였고 정화가 급브레이크를
밟았다. 웅덩이였다. 정화의 손이 떨려왔다. 민영은

비상등을 켰다. 한쪽 손을 정화의 손 위에 포갰다.

"걱정 마. 아무렇지도 않아."

민영은 민기에게 배운 말을 뱉었다. 정화가 고개를
끄덕였다. 더는 손이 떨리지 않았다.

SHORT STORIES ABOUT LOVE, FAREWELL & DEATH

내 여자친구의 남자친구

정지돈

가장 극심한 불평등은 산 자와 죽은 자 사이에 있다.
- 피터 틸(Peter Thiel)

피노키오 되기

이것은 캘리포니아 대학 샌디에이고의 두뇌 인지 센터
소장 V. S. 라마찬드란이 고안한 실험이다. 몇 가지 지시
사항을 따르면 너는 약 절반의 확률로 코가 60센티미터
정도 늘어난 것처럼 느낄 것이다. 방법은 간단하다.
의자 두 개를 마주 보게 배열하고 너와 A가 앉는다.
그리고 또 한 명의 사람 B가 너의 옆에 서 있다.
이제 너는 B의 지시에 따라 눈을 가린 후 맞은편에
앉아 있는 A의 코를 집게손가락으로 두드린다. 톡톡,
톡톡. 그 리듬에 맞춰 B 역시 너의 코를 두드린다.
톡톡, 톡톡. 여기서 중요한 건 코를 두드리는 리듬이

완벽히 동기화되어야 한다는 점이다. 그렇게만 하면 1분이 지나지 않아 너는 코가 늘어난 것 같은 강렬한 환각을 체험하게 될 것이다. 너의 뇌는 너의 손끝에서 코를 두드리는 감각과 코끝에서 느껴지는 감각 사이에 일어나는 일치를 설명하기 위해 코가 맞은편에 A가 있는 위치까지 늘어났다고 추리한다. 라마찬드란 박사는 설명한다. "적당한 감각 자극만 있으면 우리가 평생 구성해놓은 어떤 지식들은 단 몇 초 만에 부정될 수 있다."

나는 여자친구인 모어와 함께 이 실험을 했다. 그녀가 요구했기 때문이다. 재밌는 걸 보여줄게. 모어가 평소처럼 갈색 눈동자를 빛내며 말했다. 그녀가 내 눈을 가렸을 때 나는 아주 조금 성적 흥분을 느꼈지만 실험은 그것과 상관없었다.

실험이 끝나고 난 뒤 나는 그녀에게 물었다.

신기하긴 한데…… 이걸 왜 한 거야?

모어는 웃으며 대답했다.

내가 말하고 싶은 건 몸과 마음이 생각보다 단단하게 연결되어 있지 않다는 사실이야. 몸은 의식에 따라 다르게 인지될 수 있는 고깃덩이에 불과해.

모어는 유연하고 긴 몸을 재규어처럼 쭉 펴며 말했다. 그녀의 동작에 따라 풍성하고 긴 머리칼이 아래위로 출렁였다.

알겠어, 진우?

나는 고개를 끄덕였다. 뭐든 가르치려 드는 모어의 태도는 마뜩지 않았지만 나보다 아는 게 많으니 별수 없었다. 어쨌든 모어는 이번에도 나에게 새로운 깨달음을 줬다. 이 깨달음이 어디에 필요한진 모르겠지만……. 모어는 가르치고 나는 배운다. 이것이 우리가 연인 사이를 유지하는 암묵적인 프로토콜이었다.

니혼다이라 라이프 익스텐션 파운데이션

다이라(たいら)는 산간의 평지를 뜻한다. 니혼다이라는
시즈오카현의 우도산에 있는 구릉지로 이곳에 오르면
후지산과 태평양을 한눈에 볼 수 있다. 일본 최고의
명승지 중 하나로 4세기경 야마토 왕조의 혈통이자
고대 전설의 영웅인 야마토 다케루가 사가미의 난을
평정하고 올라 사방을 둘러본 장소로도 유명하다.
전후에는 호텔이 들어섰고 긴 시간 성업했지만 기후
재난 이후 관광객들이 발길을 끊었다. 크리오러스
재단이 호텔을 매입해 연구소 겸 재단 시설로
리모델링한 건 아홉 해 전의 일이다.

모어는 평소와 달리 상기된 표정으로 니혼다이라 라이프 익스텐션 파운데이션에 대한 설명을 이어갔다. 그녀의 설명에 따르면 크리오러스는 냉동 보존술과 마인드 업로딩을 전문으로 하는 기업으로 니혼다이라는 아시아 고객을 위한 지점이었다.

그녀와 나는 파운데이션에서 보내준 차를 타고 구불구불한 산길을 올랐다. 한겨울이지만 도로변에는 낙엽이 수북했다. 회색 하늘에서 가끔 오싹한 바람이 불었고 차창 위로 나뭇잎이 떨어졌다. 나는 모어의 설명을 들으며 고개를 끄덕였다. 생소한 명사들이 난무해서 뭐가 뭔지 헷갈렸지만 대충 알 것 같았다.

그러니까 냉동 인간을 만드는 기업에서 일본의 호텔을 매입해 연구소로 쓴단 말이지?

너무 단순화했지만 비슷해.

모어가 고개를 끄덕였다.

이 여정은 전적으로 모어의 계획이었다. 나는 끌려오다시피 했다. 궁금한 게 많았지만 묻지 않고 창밖으로 고개를 돌렸다. 우리가 여기 올 수밖에 없는 이유, 더 정확히는 모어가 이곳에 와야만 하는 이유가 있었다. 하지만 그녀는 거기에 대해선 출발 전에 단 한 번 설명했을 뿐 그 뒤에는 모르쇠로 일관했다. 나도 더 캐묻지 않았다. 그녀의 이야기를 어떻게 생각해야 할지 감이 잡히지 않았기 때문이다.

모어가 내게 해준 이야기는 비현실적이었다.
침대에 누워 연인에게 내가 이런 꿈을 꿨는데 말이야,
진짜 웃기지 않아? 니가 나한테 이렇게 말했다고, 라고
할 법한 그런 이야기. 하지만 지금 내가 있는 현실은
꿈이 아니다. 싸락눈이 내리기 시작했고 입김을 불면
차창에 서리가 꼈다. 차가 커브를 틀자 거대한 갈색
기둥의 길고 낮은 건물이 보였다.

모어는 파운데이션에 죽은 남편이 냉동 보존되어
있다고 말했다. 새해에 그를 부활시킬 예정이었다.
오늘은 12월 29일이다. 그러니까 3일 후면 내
여자친구의 전남편, 아니 이혼한 건 아니니 남편이
돌아올 예정이었다. 죽음에서 말이다.

여기 사람들은 그걸 '죽음'이라고 하지 않아요.

수석 연구원인 닥터 쉬멜이 말했다. 그는 숱이
적은 붉은 머리를 뒤로 빗어 넘긴 중년의 백인 남자로
덩치가 내 두 배는 되었다. 반면 얼굴은 기이할 정도로
동안이라 차분하게 말을 하는 와중에도 장난기가
감돌았다.

나와 모어는 파운데이션의 접견실에 앉아 닥터
쉬멜의 설명을 들었다. 모어와 쉬멜은 꽤나 친숙한
사이처럼 보였다. 만나자마자 볼 키스를 하더니
살갑게 안부를 주고받았다. 접견실은 파운데이션
전체가 그렇듯 미래주의적 건축과 일본 특유의 젠

스타일이 혼합된 인테리어였다. 금속 재질의 벽과 크롬 장식 가구, 유리창 밖의 일본식 정원에선 물이 졸졸 흘렀다. 오리엔탈리즘과 기술만능주의에 물든 인종차별주의자가 집을 꾸미면 딱 이런 모습일 것이다.

저희는 '환자'라고 합니다.

쉬멜의 설명에 따르면 냉동 인간들은 잠시 쉬는 것이다. 임상적으로, 법적으로 선고된 죽음은 이곳에선 의미가 없다. 비록 그들의 심장은 정지하고 머리는 몸에서 분리되어 커다란 알루미늄 원통 안에 보관되어 있지만 말이다.

머리가…… 분리되었다고?

모어가 고개를 끄덕였다. 보관과 관련된 이슈 때문에 대부분의 환자들은 두부(頭部)만 따로 냉동시켰다. 간혹 전신을 보관했다가 '부활'하려는 환자들이 있긴 했지만 파운데이션은 추천하지 않는 방식이었다.

여전히 몸에 집착한다는 건 안타까운 일이죠.

쉬멜이 웃으며 말했다. 그렇게 말하는 사람치곤 헬스를 지나치게 많이 한 것처럼 보였지만 나는 잠자코 있었다. 쉬멜이 웃을 때마다 잔잔히 요동치는 흉근이 보였다.

어쨌든 우리는 운이 좋은 편이라고 쉬멜은 말했다. 기술이 생각보다 빨리 완비되었고 훌륭한 계약 조건

덕분에 순서가 앞으로 당겨졌다고 했다.

하루라도 빨리 그를 만나고 싶습니다. 그와 나는
좋은 친구이기도 했으니까요.

모어가 눈물이 글썽글썽한 얼굴로 쉬멜을 봤다.
쉬멜이 손을 뻗어 테이블 위에 가지런히 놓인 모어의
손을 잡았다. 그가 돌아올 거야. 쉬멜이 말했다.

감동적인 귀환의 예고였다. 나는 가만히 그 꼴을
지켜봤다.

모어가 심호흡을 하며 고개를 크게 한 번 털었다.
그녀의 풍성한 머리칼이 아름다운 곡선을 그리며
흔들렸다.

그럼 이제 우리가 뭘 하면 될까?

간단한 서류 작성과 교육이 있을 겁니다. 그리고
휴식을 취하며 부활의 때를 기다리면 돼요. 익숙한
일은 아닐 테니까 말입니다.

쉬멜이 나를 지그시 바라보며 미소 지었다. 나는
생각했다. 익숙한 일이 아니라고? 퍽도!

FM-2080

모어의 남편인 FM-2080은 유명한 수학자다. 스물다섯
살에 필즈상을 수상한 그가 시상식에서 한 연설은
지금도 인구에 회자된다. 머리부터 발끝까지 새하얀
옷을 입은 그는 단상에 올라 군중을 쳐다보기만 할 뿐
아무 말도 하지 않았다. 사람들이 웅성대기 시작하자
그는 재킷 주머니에서 요요를 꺼내 던졌다. 요요는
중력을 거스를 때마다 형광빛을 번쩍였다. 소문에
의하면 오버언더마운트라는 고급 기술을 선보였다고
하는데 나는 그게 뭔지 모르겠다. 내 친구인 유리는 이
일화를 듣자마자 FM-2080이 어떤 사람인지 알겠다고
말했다.

내 여자친구의 남자친구 ─ 정지돈

어떤 사람인데?

관종.

눈치 빠르네…….

멀쩡한 이름을 FM-2080이라는 파일명 비스무리한 걸로 바꿨는데 관종이 아니면 그게 더 이상할 것이다. 그러나 그가 스스로 쓴 자신의 프로필에 따르면—"나에 의한 나의 프로필을 위한 나의 프로필"—그는 사람들과 교류를 거부하는 은둔형 수학 천재로 뉴욕의 쿠랑 연구소에 있을 때에는 브루클린 비치의 빵집까지 걸어갈 때를 제외하고는 전혀 외출을 하지 않았다. 고층 건물에 있는 연구소에서 워싱턴 스퀘어를 내려다보며 유리창에 공식을 휘갈겨 썼고 세상만사와 자신 사이의 아득한 거리감을 체험할 뿐 어떤 것에도 흥미를 느끼지 못했다고 한다.

나는 그가 쓴 소설도 읽었다. 고도로 과학기술이 발달한 미래를 배경으로 기술 의학자들이 문명이 생긴 이래 죽은 모든 사람을 부활시키는 내용이었다. 수학자인 그는 자신의 전공을 발휘해 메소포타미아 이후 전 세계의 모든 사망자 수를 계산했다. 사십구억칠천사백팔십이만오천…… 뭐라나.

그게 무슨 내용이야?

유리가 물었다.

글쎄, 유토피아 소설이래.

디스토피아가 아니고?

나야 모르지…….

유리가 혀를 끌끌 찼다.

공부를 너무 해서 맛이 간 거 아냐? 내가 아는
수학자가 하나 있는데 얼마 전에 자살했어. 무슨
프랑스 이름이 붙은 난제를 증명했는데 아무도 인정을
안 했대.

안 됐네. 친한 사람이었어?

아니. 지금은 대치동에서 수학 강사 하고 있어.

뭐? 어떻게? 그 사람도 부활했어?

아니. 창밖으로 뛰어내렸는데 마침 공사 중이라서
안전망이 있었대.

아…….

그러니까 너도 너무 당황하지 마. 모어 같은
여자랑 만나려면 그 정도는 감당해야지. 니가
전남편보다 나은 점도 있잖아.

뭐?

살아 있다는 거.

몰랐네, 나한테 그런 장점이 있는 줄…….

나는 전화를 끊고 FM-2080에 대한 자료를 찾았다.
그에 대해 알고 있었지만 지금처럼 꼼꼼히 찾아본 건
처음이다. 여자친구의 전 남자친구가 유명인이라는
건 신경 쓰이는 일이다. 우리가 연애를 시작했을 때

모어는 경고하듯 FM-2080에 대한 이야기를 꺼냈다.

전에 사귀었던 사람에 대해 말하는 걸 (속 좁게)
의식하는 타입은 아니지?

물론 아니지(아님).

그때만 해도 두 사람이 혼인신고를 한 사이라는
걸, 모어의 첫사랑이 FM-2080이고 그를 따라 모어도
이름을 모어로 개명했다는 사실을 몰랐다. 내게 모어는
감당하기 어렵지만 그만큼 매혹적인 사람이었다.
그녀와 만난다는 사실 자체가 믿기지 않았고 뭔가를
따질 엄두가 나지 않았다. 모어가 FM-2080이 자신에게
얼마나 큰 영향을 줬는지, 얼마나 특출난 사람인지
지나가듯 말할 때마다 나는 생각했다. 그래, 대단해,
대단히 훌륭한 사람이야. 속 좁게 굴지 말자.

이터널 라이프

니혼다이라 라이프 익스텐션 파운데이션에 방문한
환자의 가족과 친지들은 이곳의 시설을 마음껏 즐길
수 있다. 부활의 과정과 만남의 시간 동안 스파와
라운지바, 레스토랑과 수영장, 후지산이 보이는
정원과 히노키탕에서 몸과 마음을 녹이며 충실하고
온전한 교류를 완성하길 바란다는 게 파운데이션의
설명이었다.

　　파운데이션의 정책에 따라 모든 고객에겐 인당
하나의 방이 배정되었다. 나와 모어는 방을 따로 썼다.
도착이후 모어의 얼굴을 잘 볼 수 없었다. 그녀는

준비할 게 많다고 했다. 죽은 남편과 9년 만에 다시 만나는 거니까 어련할까 싶어 뭐라고 하진 않았다. 내 걱정을 눈치챈 모어는 달래듯 말했다. 필요한 절차가 있어. 법적으로 행정적으로 처리할 문제가 많고 그에 따라 여러 가지 사항을 숙지하고 마련해야 한다는 거였다. 이를테면 FM-2080은 사망자인가, 아닌가. 사망신고를 한 것처럼 부활신고도 해야 하나? 국가는 보존과 부활에 필요한 의료 절차를 허가했는가? 했다면 어디까지 했고 법적으로 문제가 될 부분은 없을까? 윤리적으로는 어떨까. 대중들을 설득할 준비가 되어 있나? 닥터 쉬멜은 이미 부활인들이 꽤 있다고 말했다. 러시아와 미국에 압도적으로 몰려 있긴 하지만 최근엔 라틴아메리카와 호주에도 사례가 생겼다.

　　라틴아메리카의 부활인은 얼마 못 가 다시 죽었어요.

　　건강 문제였나요?

　　쉬멜은 고개를 저었다. 라이벌 조직에 살해 당했어요. 마약왕이었거든요.

　　음…….

　　이 경우는 뭐라고 해야 할까? 부활인을 죽이면 그건 살인일까, 단지 프로그램 삭제나 동물 학대 같은 문제일까? 하지만 제일 먼저 든 생각은 그를 어떻게 죽였나 하는 것이었다. 부활한 사람은 이전과 같은 몸과 머리를 지닌 유기체일까, 아니면 차가운 금속 로봇에 뇌만 들어 있는 사이보그일까. 그것도 아니면 단지 뇌의 작동 방식을 재현한 프로그램? 어떻게 죽였지? 플러그를 뽑았나?

입이 근질근질했지만 이 모든 의문을 모아 나눌 수 없었다. 말했다시피 그녀는 너무 바빴다. 게다가 묻기엔 자존심이 상했다. 나는 최대한 무심한 척, 담담한 척했다. 지금같이 과학이 발달한 세상에서 충분히 일어날 수 있는 일이라고, 나는 이런 일로 호들갑을 떠는 사람이 아니라고, 연인의 죽은 남편이 살아 돌아온다고 해서 걱정하는 사람도 아니고. 그의 귀환은 기쁜 일이다. 그가 요절했을 때 아파했던 그녀의 마음을 헤아려보라. 질투하고 토라질 게 아니라 이해하고 위로해야 한다. 지금 그녀가 사랑하는 사람은 나고 그녀 곁에 있는 사람은 나니까 내가 힘이 되어야 한다. 하지만 정말 그녀 곁에 있는 사람이 나일까. 왜 그는 죽었지만 살아 있는 것처럼 느껴지고 나는 살아 있지만 죽은 것처럼 느껴지는 걸까.

호텔에는 우리 말고도 서너 그룹의 방문객이 더 있었다. 레스토랑에서, 바에서 종종 사람들을 마주쳤다. 그들 역시 가족이나 연인의 부활을 기다리고 있다고 했다.

졸탄을 만난 건 호텔 6층에 있는 라운지 바 '이터널
라이프'에서 칵테일을 마시고 있을 때였다. 칵테일
이름은 '죽음 충동'(death drive). 백인 상류층 남성인
프로이트는 살아 있었다면 분명 영생을 택했을 것이다.
최소한 죽음 충동 같은 이상한 개념은 안 떠올렸겠지.
나는 바텐더와 시시풍덩한 농담을 주고받았고 그
모습을 본 졸탄이 말을 걸었다.

　　부활인이 죽는 것보다 부활인이 누군가를 죽이는
게 더 큰 문제예요.

　　졸탄이 말했다. 그는 나보다 머리 두 개는 더
큰 거한이었다. 짙은 금발 머리에 금발 눈썹, 단단한
턱과 푸른 눈. 목에는 눈동자만큼 푸른 펜던트가 걸려
있었다. 파운데이션에서 마주친 게 아니라면 나와 전혀
다른 세상에 사는 사람이라고 생각했을 것이다. 알고
보니 실제로도 그랬다. 졸탄은 몬터레이의 저택에 살며
주말마다 뉴욕 서턴 플레이스의 별장에서 부동산을
관리하는 억만장자였다.

　　오래전에 FM-2080을 본 적 있습니다.

　　졸탄이 육중한 목소리를 깔며 말했다.

　　아…… 저는 없어요.

　　물론 그렇겠죠.

　　어떤 사람이었어요?

　　졸탄은 푸른 눈을 가만히 뜨고 나를 뚫어져라

쳐다봤다. 내 눈동자 속에 FM-2080이 있기라도 한 듯.

알고 싶어요?

뭐…… 조금?

훌륭한 사람이었죠. 거의 예수급.

아…….

내가 말문을 잃고 고개를 주억거리자 졸탄이 갑자기 웃음을 터뜨렸다. 그러더니 항공모함 같은 손으로 내 어깨를 두드렸다.

브로, 농담이에요. 그는 재수 없는 새끼였어요. 솔직히 말하면 모어 같은 여자가 왜 그 자식이랑 결혼했는지 모르겠어. 그쪽이 훨씬 나은데 말이야.

졸탄이 내게 찡긋하며 윙크를 보냈다. 나는 생각했다. 이 자식…… 뭐지?

*

졸탄의 회고에 따르면 삶은 냉혹하고 무자비했고 세상은 광풍이 몰아치는 거친 광야였다. 어디 하나 기대거나 숨거나 손 뻗을 곳 없는 장소, 앞으로 한 발짝 나아가기 위해서 뒤로 서너 걸음 밀려나야 하는, 자신 없으면 땅을 파고 기어들어 가 시체처럼 제 살을 파먹으며 살아야 하는 곳. 약자들은 그렇게 했고 그래서 이 광야엔 땅 아래에서 신의 구원만 기다리는

좀비들이 가득하지요, 그러나 나는 그렇지 않았어요,
뒤로 굴러떨어지는 한이 있어도 앞으로 나아가는
유형의 사람이었고 기어코 앞으로 나아갔지요, 라고
그는 말했다.

졸탄과 나는 어느새 바를 나와 정원을 거닐며
대화를 나눴고 추위가 뼈에 스미기 시작하자 졸탄의
방으로 자리를 옮겨 미니바의 위스키를 모두 꺼내
마시며 대화를 나눴다.

졸탄의 부모는 러시아의 에너지 재벌로 정부의
탄압을 피해 런던으로 거처를 옮겼고 이후에는
제3세계의 상수도 사업에 투자해 거금을 벌었다고
했다. 일찍이 영국을 하품 나는 국가, 왕정과 신정을
믿지도 버리지도 못하면서 그 자신의 모순 때문에
이죽대는 법만 배운 못생긴 웨인 루니들의 나라라고
생각한 졸탄은 미국으로 유학을 떠났고 UC버클리에서
심리학을, 와튼 스쿨에서 경영학을 배웠다. 나는
그의 이야기를 들으며 대체 어느 지점에서 세상이
거친 광야라는 비유가 나올 수 있는지 의문이었고
치사량에 근접하는 위스키에도 불구하고 집중해서
귀를 기울였지만 광야는커녕 아우토반을 자율주행차로
달리는 것 같은 인생만 이어졌다. 하지만 졸탄은
그렇지 않다고 했다. 겉보기만 그렇지 자신의 내면은
오래전에 산산조각 났다는 거다. 성공한 부모의 압박,

러시아 출신이라는 이유로 내부 서클에 받아주지
않는 와스프들, 그의 훤칠한 외모를 대놓고 경멸하는
실리콘밸리의 너드들과 상류층 백인 남성이라는
이유만으로 비판하는 페미니스트들……. 얼마나
외롭고 고독한 시간이었는지…….

아무튼 그가 냉동 보존에 관심을 가지게 된 건
그의 유일한 희망이자 안식처인 '사랑하는 내털리'가
불치병에 걸리고 난 뒤였다.

아내였어요?

내가 물었다. 졸탄이 눈살을 찌푸렸다.

사랑하는 내털리가요? 그럴 리가요.

그럼……?

제 반려견이었어요.

졸탄은 내털리를 안락사시켰다. 그녀가 죽자마자
파운데이션에서 나온 기술자들이 두개골을 절개하고
뇌를 확보한 뒤 대동맥과 대정맥에서 혈액과 체액을
뽑아내고 항결빙제를 채웠다.

결국 그녀는 부활했어요.

졸탄은 목에 걸린 펜던트를 보여주더니 덮개를
달칵 열었다. 펜던트 안에는 엄지손톱만 한 액정이
있었는데 액정 안에는 물결처럼 끊임없이 움직이는
입자들이 보였다.

처음에는 '사랑하는 내털리'의 전체를 부활시킬

생각이었다. 튼튼한 네 다리와 윤기 나는 황금색 털,
축축한 코와 아래로 축 처진 두 눈. 그러나 졸탄은
부활에 대해 공부할수록 육체가 얼마나 허망한 것인지
깨닫게 됐다고 말했다. 중요한 건 정신이었다. 우리
정신의 엑기스를 보존할 수 있다면 우리는 어디에서나
부활할 수 있었다. 심지어 나무나 꽃 속에도 정신이
깃들 수 있다고 졸탄은 말했다. 정신의 엑기스는
정보고 DNA는 정보들의 배열이기 때문에 기존의 DNA에
다른 정보를 덧입히는 방식으로 존재를 새기는 것이다.

일종의 빙의 같은 거죠. DNA나 정보를 담을 수
있는 그릇이 있다면 어디든 빙의될 수 있어요.

그러면 냉동 보존은 왜 해요?

부활을 위해서 필요하니까요. 일단 부활만 하고
나면 각자 의사에 따라 처리하면 됩니다.

졸탄이 말했다. 우리 정신의 엑기스를
재설계하려면 단지 뇌 스캔만 하면 되는 게 아니라
나노봇을 뇌에 삽입해 짧게는 수개월, 길게는 수년
동안 구조를 파악하고 시뮬레이션을 돌려야 했다. 이
과정을 살아 있을 때 할 방법은 아직 없다고 했다.

이제 이 안에 있는 입자를 출력장치에 연결하면
언제 어디서나 '사랑하는 내털리'를 만날 수 있어요.

졸탄이 웃으며 말했다. 나는 오싹한 기분이
들었지만 잠자코 있었다. 그들이 말하는 부활이 이런

거라면 부활한 생명을 그 전과 동일한 개체라고 생각할 수 있을지 의문이었다. FM-2080의 뇌를 그대로 재현한다고 해도 그건 재현된 프로그램일 뿐 진짜 예전의 그는 아니지 않나.

정말 그렇게 생각해요?

졸탄이 웃으며 말했다. 만약 그의 기억 역시 그대로 이어진다면 그를 다른 사람이라고 할 수 있냐고 졸탄은 물었다.

부활한 그가 목소리도 얼굴도 전과 다르지만, 아무도 모르는 모어와의 기억을 정확히 떠올릴 수 있고, 되살아난 스스로를 인지한다면 다른 사람이라고 할 수 있을까요?

그래도 그건 다르죠. 몸이 다르면 존재도 달라지는 거니까.

그럼 심장 이식수술을 한 사람은요? 전신 성형을 한 사람은? 이렇게 생각해봅시다. 사고로 뇌에 손상이 생겨서 성격이 전혀 달라진 사람이 있다면 그는 다른 사람인가요? 나를 나로 만드는 건 무엇일까요?

졸탄이 자리에서 일어났다. 그는 벽에 설치된 스크린 쪽으로 걸음을 옮겼다. 그리고 방의 불을 껐다.

당신의 입장을 충분히 이해합니다. 하지만 사랑하는 내털리를 만나면 생각이 바뀔 거예요.

그가 펜던트를 분리해서 스크린에 삽입했다. 나는

어둠이 내린 호텔방에 앉아 반질반질한 스크린 속의
암흑을 바라봤다. 화면이 서서히 밝아지더니 혀를 내민
골든 리트리버가 나타났다.

불러봐요.

졸탄이 스크린 옆에 서서 내게 말했다.

뭐를?

내털리를요.

나는 쇼파에서 엉거주춤 일어나 스크린을
바라봤다. 내털리는 이리저리 몸을 돌리며 스크린 안을
뛰어다니고 있었다. 그녀의 몸은 움직임에 따라 커지며
작아졌고 가끔은 모래알처럼 흩어졌다 뭉치기도 했다.

내, …… 내털리.

내가 무릎을 꿇고 손뼉을 치며 부르자 내털리는
내 쪽을 바라봤다. 그러고는 컹컹 짖으며 달려오기
시작했다. 스크린 속에 보이지 않는 풀밭이라도 있는
것처럼, 어둠을 뚫고 힘차게 달렸다.

나는 나도 모르게 내털리를 안는 시늉을 했다.
손은 허망하게 허공을 휘저었지만 내털리는 꼭 내가
옆에 있기라도 한 것처럼 볼을 비비적대고 있었다.
졸탄은 뺨 위로 흘러내리는 눈물을 닦고 있었다.

몇 번을 봐도 눈물이…….

졸탄이 말했다. 그는 소파에 앉더니 말을 이었다.

며칠 뒤에 아내를 만날 겁니다. 그녀가 부활하기로

했어요.

아내도 불치병에 걸렸었어요?

아니요.

졸탄이 고개를 저었다.

그녀는 자살했어요.

*

사이코패스 아니야?

졸탄의 이야기를 들은 유리가 소리쳤다. 나는
전날 밤의 숙취로 침대에 꼼짝도 못하고 누워 있었다.
유리는 아랑곳하지 않고 계속 소리를 질러댔다.

자살한 사람을 부활시키다니 미친놈이네!

흠……

졸탄은 아내가 왜 자살했는지 이유를
들어야겠다고 했다. 모든 것이 갖춰진 완벽한
삶이었는데. 천국 같은 몬터레이의 저택에서 두 아들과
함께 살던 금발 미녀인 그녀가 왜 자살했는지 도무지
이해할 수 없다는 거였다.

나는 이해할 수 있을 듯.

유리가 말했다.

그렇지 않아?

나는 어깨를 으쓱했다. 이 모든 게 여전히

현실처럼 느껴지지 않았다. 대부분의 미래는 점진적으로 다가온다. 과거엔 SF에 나왔던 화상 전화가 현실화되어도 아무도 놀라지 않는 것처럼 여러 조짐이 생활 속에서 감지되고 익숙해지는 것이다. 그러나 부활은 문제가 달랐다. 아니면 나 혼자 사태를 몰랐던 걸까. 이미 과학기술은 죽음을 극복했고 세상은 무덤에서 돌아온 사람들로 가득한데 나만 고리타분한 사람으로 살고 있었던 걸까.

검색해보니 올해까지 부활인은 총 구십여덟 명이래.

각국에서 이 문제가 활발히 논의되고 있었다. 민간의 자율에 맡기자는 의견도 있고 국가가 개입해야 한다는 의견도 있었다. 시위도 일어났다. 부활의 혜택을 서민층과 소외 계층까지 확대해야 한다고 주장하는 급진 활동가들이 미 국회의사당을 점거하고 단식 농성을 벌였다. 한편에선 '죽을 권리'라는 단체가 조직되어 자연을 거스르는 사람들의 오만을 경고하며 크리오러스의 액체질소 운반 트럭에 화염병을 던졌다.

그래서 어떻게 할 거야?

유리가 물었다. 나는 침대에 누워 어젯밤에 본 내털리를 생각했다. 내털리는 스크린에 존재했지만 그래픽이나 프로그램이라고 생각하기엔 지나치게 생생하고 자율적이었다. 그렇지만 내털리에겐 몸이 없었다. 꼭 손에 닿을 듯 강렬한 생명력이 느껴졌지만 내털리의 체온이 느껴지지 않았다.

그렇지만 철학자 브라이언 캔트웰 스미스는 거리감은 그것을 향한 행위가 없는 것이라고 말했다. 다시 말해 단지 물리적인 요소만으로 거리감을 이야기할 수 없다. 그것을 향한 행위가 있다면 우리는 함께 있는 것이다. 살아 있는 나보다 죽은 FM-2080이 훨씬 더 모어의 곁에 있는 것처럼. 모어는 FM-2080의 체온을 느끼고 있을까. 나는 혼돈 속에서 잠이 들었다. 꿈속에서 내털리가 내 품에 안겨 뜨거운 숨을 내뿜었다. 나는 온몸으로 내털리의 체온을 느꼈다.

시간과 정신의 방

FM-2080은 인종과 국가, 혈통의 역사에서 자유롭기
위해 만든 이름입니다. 정체성은 문화에서 기인하지
않고 개인 고유의 것으로 바뀔 것입니다. 나는 한국인,
베트남인, 벨기에인이라고 말하지 않고 나는 화성에서
왔다, 나는 부분적으로 달에 거주하고 암흑 물질과
함께 사유한다고 말할 것입니다.

  인터뷰 속의 FM-2080은 병이 말기에 이르러
성대로 목소리를 낼 수 없기에 기계장치를 빌려 말하고
있었다. 그래서 그가 말하는 내용이 더 터무니없이
들렸는지도 모르겠다. 병마와 싸우며 부활을 준비하는

그는 그리스도 같기도 하고 적그리스도 같기도 했다.
불멸의 위험성에 대해 묻는 사회자에게 FM-2080은
간단히 되묻는다. 병에 걸리면 그냥 죽어야 합니까,
살기 위해 싸워야 합니까. 영생도 마찬가지입니다.
죽음은 병입니다.

그는 FM이 무엇을 의미하냐는 사회자의 질문에
확답을 피했다. 대대로 FM의 이름을 이어온 사람들이
있었습니다. 이들은 역사의 바깥, 시간과 공간의 경계에
걸쳐 사는 최초의 인류입니다. 태초에 FM-2030이
있었고 저는 다섯 번째 FM이자 최초로 부활에 성공하는
FM이 될 겁니다.

*

파운데이션에는 부활인을 만날 수 있는 장소가
따로 있다. 오랑주리 미술관처럼 타원형으로 이루어진
이 장소를 '시간과 정신의 방'이라 부른다. 이름을
제안한 사람은 FM-2080이었다. 그는 스스로가 만든
장소에서 부활하는 셈이다.

닥터 쉬멜은 부활인의 안정과 부활인과 만나는
사람들의 안정을 위해서 시간과 정신의 방이
필요하다는 걸 강조했다. 부활은 기술적으로 거의
완전해졌지만 아직 인간의 정신에, 우리의 문화에 어떤

영향을 끼칠지 알 수 없다. 그러므로 철저히 관리되고 조율되어야 한다.

시간과 정신의 방에는 오직 한 사람만 들어갈 수 있습니다.

닥터 쉬멜이 말했다. 그리고 그 안에서 있었던 일은 어디에서도 말해선 안 됩니다.

쉬멜이 비밀 유지 각서를 내밀었다. 나와 모어는 각서에 사인을 했다. 비밀 유지는 부활이 사회적이고 제도적인 인정을 받을 때까지 유지된다. 그때가 언제가 될지는 확신할 수 없지만, 쉬멜은 북미에선 이르면 2년 안에 법이 통과될 거라고 봤다.

대단한 사람이 부활할 예정이거든요.

쉬멜이 음흉한 미소를 지으며 말했다. 장난스러움을 강조하기 위해 은밀한 척 연기를 하는 거였지만 장난스럽다기보다 진짜로 음험해 보였다. 누구의 부활을 준비하길래 저러지? 예수? 히틀러?

제가 다 두근거리네요. 그럼 어서 FM-2080을 만나러 가시죠.

모어가 고개를 끄덕였다. 그녀는 한마디도 하지 않았고 내 쪽을 쳐다보지도 않았다. 그녀의 흰 얼굴은 평소보다 더 환하게 빛났고 정성스럽게 드라이한 갈색 머리칼은 윤기가 넘쳤다. 나는 그녀의 뒤통수를 바라보며 크롬 장식의 차가운 복도를 천천히 걸었다.

시간과 정신의 방에 들어가기 전 모어가 뒤를
돌아봤다.

갔다 올게.

나는 그녀의 손을 잡으려고 했지만 모어는
주춤하고 물러서며 고개를 저었다.

괜찮아.

*

대니얼 데닛은 인류 최초로 몸과 마음을 분리하는
데 성공한 사람이다. 그는 전적으로 필요에 의해
그렇게 했다. 오클라호마주 털사의 지하 1.6킬로미터
지점에 박힌 핵탄두를 회수하기 위한 절차였던 것이다.
이 핵탄두에는 오로지 뇌에만 영향을 주는 방사능
물질이 포함되어 있었다. 데닛은 뇌를 완전히 적출한
뒤 극초소형 전파 송수신기를 뇌와 텅 빈 두개골
속의 신경 말단에 설치하는 수술을 받았다. 이렇게
하면 뇌와 신체에 입출력되는 어떤 정보도 유실되지
않고 유지된다. 다시 말해 뇌는 수백 킬로미터 떨어진
휴스턴의 생명 유지 장치 속에 있고 신체는 털사의
지하 동굴 속에 있어도 아무렇지 않게 움직이고 생각할
수 있다는 것이다.

수술이 끝난 데닛은 연구자들의 안내에 따라 유리

탱크 속에 둥둥 떠 있는 자신의 뇌를 봤다.

저기 잘 있는 게 보이죠?

수석 연구자가 말했다.

모든 절차가 무사히 끝났습니다.

수석 연구자를 비롯한 다양한 분야의 연구자들이 데닛을 둘러싸고 박수를 쳤다.

We did it!

데닛은 똥덩어리처럼 액체 속에 부유하는 자신의 뇌를 보며 생각했다. 나는 어디에 있는 거지? 나는 저 안에 있는데 저 안에 있는 나를 보는 나는 여기에 있다. 데닛은 의문을 떨칠 수 없었고 수석 연구자에게 물었다. 연구자는 어깨를 으쓱하며 그게 뭐가 문제냐는 듯 대답했다.

두 곳 모두에 있죠.

FM-2080은 부활하자마자 대니얼 데닛의 이야기를 떠올렸다고 했다. 정신이 돌아온 그는 홀로그램으로 복원된 자신을 볼 수 있었다. 그의 앞에는 닥터 쉬멜을 비롯한 파운데이션의 직원들이 물개 박수를 치고 있었다.

귀환을 축하합니다. 두 번째 생일이네요.

FM-2080은 몸이 무척 가볍다는 생각을 했고, 경중경중 제자리에서 점프를 했다. 이것은 홀로그램 부활인들의 첫 번째 행동패턴 중 하나였다. 신체의

감각이 존재하지 않으면 정신은 갈 곳을 잃고 혼돈에
빠진다. 그러니 정신이 정신만으로 존재할 수 있다는
감각을 만들기 전까지는 환상지와 유사한 종류의 가짜
신체 감각이 필요했다. 부활인들은 꼭 팔이 거기에
있는 것처럼 자신의 팔을 만져보고 얼굴을 만져보지만
아무것도 만져지지 않는다. 단지 그곳에 내 신체가
있다는 형용 불가한 감각만이 존재하는 것이다.

아무튼 FM-2080은 쉬멜을 만나고 모어를 만나는
동안 자신의 존재에 어느 정도 익숙해진 모습이었다.
인터뷰에서 봤던 것과 달리 무척 차분했고 재수
없다는 졸탄의 말과 달리 예의 바르고 상냥했다.
그는 엉거주춤 서 있는 나를 자리로 안내하며
이런저런 이야기를 들려줬다. 세계적인 수학자이자
교수이며 강연자였던 사람답게 이야기는 논리적이고
흥미진진했다. 죽음에서 부활한 여자친구의
전남편의 홀로그램에게 갑자기 강의를 듣는 이
상황이 터무니없었지만 모든 상호작용은 자연스럽게
일어났다. 나와 FM-2080은 종종 웃음을 터뜨리며
대화를 나누었다.

FM-2080은 불멸이나 영생에 조금도 찬성하지
않는다고 말했다. 그런 끔찍한 상상을 하다니요. 그가
TV 인터뷰에서 말한 건 새로운 차원으로 도약하기 위한
일종의 도발이자 과장일 뿐, 실제로 불멸은 가능하지

않다고 말했다.

우주도 언젠가 수명을 다할 겁니다. 단지 우리의 수명이 더 길어지는 것뿐이죠. 수명의 길이란 상대적인 거예요. 나무의 수명을 생각해보세요. 처음에는 백 년, 2백 년의 삶이 길게 느껴지겠지만 천 년도 그저 시간에 불과하게 되겠지요. 하지만 영생? 그런 건 존재할 수 없어요. 기계장치는 유기체보다 연약합니다. 인간보다 오래 쓰는 기계를 본 적 있나요?

나는 계속해서 부활하면 영생할 수도 있지 않냐고 되물었다. 정신을 백업하고 장치를 옮겨가며 홀로그램이나 프로그램으로 존재하면?

FM-2080은 미소를 지었다.

이렇게 생각해볼까요. 만약에 지금 여기의 내가 진짜 내가 아니라 파운데이션에서 나를 모사해 만든 가상 존재라면 어떨까요.

나는 멍하니 그를 바라봤다.

가상…… 존재세요?

아니, 그렇게 생각해보라는 거지.

FM-2080은 지금 상황이 재밌다는 듯 히죽거리며 말을 이었다.

구분할 수 있어요?

못 하죠.

그렇죠. 하지만 더 이상한 건 저도 그걸 구분할 수

없다는 거예요.

　아…….

　트랜스휴머니스트들의 영생이니 불멸이니 이딴 이야기는 다 엿 먹으라고 해요. 진짜 문제는 다른 곳에 있으니까.

나는 어디에 있는가

우스운 얘기지만 내가 FM-2080의 인간 됨됨이에
넘어갔다는 사실을 인정해야 할 것 같다. 대화
마지막에 그는 무척 조심스럽고 신중하게 모어의
이야기를 꺼냈다. 파운데이션에 온 뒤로 내가 이상하게
행동한다고 모어가 말했다는 것이다. 질투심이나
불안감 때문인 것 같은데 어느 쪽도 이해가 가지
않는다는 거였다. 그러나 그는 나를 충분히 이해할
수 있다고 말했다. 걱정하지 마세요. 당신이 모어
곁에 있어서 다행이라고 생각합니다. 모어도 그렇게
생각하고요.

     홀로그램에게 위로를 받다니 이상한 기분이었지만
나는 고개를 끄덕였다. 그동안의 외로움이 눈 녹듯이
사라지는 기분이었다. FM-2080과의 만남 이후 나와
모어의 사이는 급격히 좋아졌다. 그날 밤 모어는 내
방문을 두드렸고 우리는 지난 몇 달간과는 비교되지
않을 정도로 열정적인 섹스를 했다. 나는 모어에게
무당이나 샤먼 따위를 통해서 망자와 접촉하려는
사람들의 시도를 이해할 수 있을 것 같다고 말했다.
     죽은 이들은 현명해. 현생의 막힌 점을
풀어주잖아.
     모어가 땀으로 흥건한 몸을 수건으로 가리며
침대에서 일어섰다. 그리고 나를 내려다보며 반문했다.
     누가 죽은 사람인데?

                              *

     오전 11시, 그리고 밤 9시. 하루 두 번 FM-2080을
만났다. 허락된 최대 시간은 한 번에 두 시간이었고
나는 매번 그 시간을 가득 채웠다. 이야기는 대부분
그가 했다. 그는 어떤 주제에 대해서도 얘기할 수
있었고 접근 경로는 매번 독특했다. 보통 사람들이
문제를 볼 때 그것의 내부와 인과관계를 들여다본다면
그는 그 문제와 유사한 종류의 다른 문제를 찾고

그 사이의 관계를 범주화했다. 그의 표현에 따르면
"밖으로 나가고 추상화시키고 용해시킨다. 그러면
존재에 드리워진 이데아의 그림자를 볼 수 있을
것이다."

알 듯 말 듯 알쏭달쏭한 얘기였지만 빠져들 수밖에
없었고 정신 차리면 두 시간이 훌쩍 지나 있었다.
그렇게 일주일을 보냈다. 모어와 함께 잠들고 밥 먹고
FM-2080과 대화하고 다시 모어와 함께 잠들고. 닥터
쉬멜이 우리에게 제안한 기간은 10일이었다. 보통
10일 정도면 부활인들이 안정을 찾는다고 했다. 물론
FM-2080은 그날 바로 안정된 상태였지만 말이다.

나는 모어에게 분기별로 한 번씩 니혼다이라
파운데이션에 오자고 제안했다. 환경도 훌륭하고
대화도 즐겁고 오지 않을 이유가 없다. FM-2080
역시 우리를 기다릴 것이다. 파운데이션을 벗어나지
못하니 얼마나 심심하겠나! 당연히 모어가 기뻐할
거라고 생각했는데 무덤덤한 반응이었다. 그녀는
생각해보자고 했다. 그녀보다 내가 FM-2080과 더
가까이 지내는 걸 질투하는 것 같기도 했다. 그녀는
나처럼 하루 두 번 있는 만남을 모두 챙기지도 않았다.
반면 나와의 섹스는 하루도 거르지 않았다. 그녀와
사귄 이후 처음 있는 일이었다.

졸탄의 소식을 들은 건 그즈음이다. 시간과 정신의 방에서 엄청난 소동이 있었는데 알고 보니 졸탄과 그의 와이프가 대판 싸웠다는 것이다. 부활까지 해서 부부 싸움이라니. 하지만 전후 사정을 들어보니 이해가 갔다. 졸탄의 와이프는 다시 죽길 원했는데 죽을 방도가 없었단다. 예전에는 면도날로 손목을 긋거나 테라스 밖으로 뛰어내리면 됐는데 홀로그램이 된 지금은 어떻게 자살해야 하나. 자살이야말로 인간에게 가장 중요한 철학적 문제인데 그 문제가 원천 봉쇄되어버린 것이다. 졸탄은 잘된 거 아니냐고 반문했다. 죽느냐 마느냐로 더 이상 고민할 필요가 없다는 게 축복 아니냐고, 이제 셰익스피어나 카뮈는 그만 읽을 때가 됐다고 말이다.

내 이야기를 들은 유리가 말했다.

근데…… 찾아보니까 졸탄이 자기 아내를 살해했다는 소문이 있더라고. 졸탄이 파운데이션의 지분을 가지고 있는 거 알지?

모르는데.

아무튼 냉동이랑 부활이 어떤 과정으로 이루어지는지 아는 그가 아내를 죽인 거야. 영원히 자신의 손아귀 안에 두려고.

너무 무서운데.

나는 졸탄의 푸른 눈을 떠올렸다. 그의 서글서글한

미소와 항공모함 같은 손도.

더 무서운 거 알려줄까.

뭐?

FM-2080도 지분이 있어. 파운데이션에.

그럴 수 있지. 유명 수학자고 이 분야에 관심이
많으니까. 그게 왜?

대치동 수학 강사 하는 친구가 FM 그놈이랑 대학
동기였는데 학계에서 악명이 높대. 친구의 증명이 인정
못 받은 이유도 그가 방해해서래.

왜 방해했는데?

몰라. 질투심이 많나 봐.

아니야. 질투심 없던데. 완전 좋은 사람이야.

그래? 그럼 다행이고.

나는 그날 밤 모어에게 유리가 해준 이야기를
들려줬다. 모어는 이쪽 사업이 낯설다 보니 별별
뒷소문이 다 있다고 말했다. 내일이 마지막이니까
쓸데없는 거 신경 쓰지 말고 푹 자둬. 모어가 말했다.

*

잠에서 깼을 때 처음 느낀 건 배 속이 지나치게
가볍다는 느낌이었다. 배가 고파서 그런 건가
생각했지만 그것과는 달랐다. 배는 고프지 않았다.

굶주림을 평생 느껴본 적 없는 것처럼, 위장과 뇌를
연결하는 신경이 사라진 것처럼 느껴졌다. 내가 느낀
감각의 핵심은 가볍다는 것이었다. 몸 전체가 가볍게
느껴졌고 아무것에도 매여 있지 않고 연결되어 있지
않은 것 같았다. 나는 곧 그 이유를 알 수 있었다.
눈앞에 모어와 닥터 쉬멜이 보이는데, 시선을 돌려
주변을 바라보려 해도 시선이 전혀 이동하지 않았던
것이다. 하지만 이상한 건 마비된 느낌은 없었다는
사실이다. 흡사 내가 컴컴한 원통 속에 있고 크게 난
창을 통해 밖을 바라보고 있다고 해야 할까.

　　어때요? 괜찮아요?

　　모어가 말했다. 나는 고개를 끄덕이며 대답했다.

　　모어! 근데 좀 이상해.

　　하지만 내 목소리로 나온 건 다른 말이었다.

　　좋아. 완벽해.

　　곧 내가 침대에서 일어났다. 아마 그랬던 것 같다.
그리고 방을 걸어다니기 시작했다. 모어가 눈물을
글썽이며 나를 봤다.

　　완전히 제어 가능해.

　　내가 다시 말했다. 하지만 나는 전혀 그렇게
말하지 않았다. 나는 펄쩍펄쩍 뛰고 소리 질렀지만
아무런 일도 일어나지 않았다.

　　FM-2080. 돌아온 걸 축하합니다.

닥터 쉬멜이 말하며 나와 포옹했다. 그의 체온이 느껴졌다. 그러나 내가 할 수 있는 건 없었다. 문득 졸탄이 한 말이 생각났다. 정신의 엑기스를 다른 DNA에 덧씌울 수 있다. 그때 머릿속에서 FM의 말이 들렸다.

지금 어디 있어요? 내 말 들려요?

시간의흐름。소설 №2

사랑, 이별, 죽음에 관한 짧은 소설 1판 1쇄 2023년 4월 10일 펴냄 • 1판 2쇄 2024년 3월 25일 펴냄
지은이 정이현 임솔아 정지돈 • **펴낸이** 최선혜 • **편집** 최선혜 이민희 • **디자인** 나종위 • **인쇄 및 제책** 세걸음
펴낸곳 시간의흐름 • **출판등록** 제2017-000066호 • **주소** 서울시 마포구 토정로 33
이메일 deltatime.co@gmail.com • **ISBN** 979-11-90999-15-1 03810